MIRADAS INOCENTES

GUARDIANES ALFA - LIBRO 1

KAYLA GABRIEL

La calurosa y sofocante Nueva Orleans era el último lugar donde querría estar un hombre oso escocés. Rhys Macaulay ya había tenido suficientes problemas adaptándose a su nuevo rol como Guardián Alfa. No necesitaba otra distracción, pero cuando una atractiva y voluptuosa rubia llamada Echo entró en su vida, todo cambió. Lo único en lo que podía pensar era en seguir la primitiva necesidad del hombre oso de poseer, aparearse y proteger.

Por desgracia, Echo tenía otras cosas en mente, además de una noche loca con un apuesto extraño. Ella tenía sus propios poderes. Siendo una psíquica que veía fantasmas, el destino le asignó un papel que la llevaría a frustrar un malvado plan. El instigador y la mente maestra, el rey vudú Pere Mal, hará lo que sea necesario para poner sus garras sobre ese poder... Incluso si tiene que matarla, matar a Rhys, y destruir el mundo entero para conseguirlo.

Miradas inocentes es una emocionante y sensual aventura, y la primera entrega de la serie Guardianes Alfa. Si amas a los cambiaformas con una atracción por mujeres voluminosas, los romances con suficiente magia para que se te erice la piel y un deseoso final feliz, ¡haz click ahora!

UN AVANCE

Sí, Rhys había intentado sacar una respuesta de Echo, y lo consiguió. Su rubia y sensual posible compañera fue despojada de su camisa y quedó tan solo en un brasier de encaje rosado, con sus carnosos labios suplicando por un beso. Justo en ese momento, Echo lo observaba con una mirada rebosante de deseo, mientras Rhys luchaba por mantener sus impulsos primarios en su lugar.

Él culpó a la lencería que ella llevaba; en sus días, las mujeres solían estar o totalmente vestidas o sin nada de ropa, y como era de esperarse, no había nada más encantador que una mujer que se mostraba con una opción intermedia. Aunque Rhys ya había visto fotos de modelos llevando este tipo de ropas y había investigado los atuendos de la mujer moderna por internet, el ver a Echo en ropa interior fue infinitamente más excitante. Intentó no mirar su brasier, pero la forma en que la fina tela quedaba pegada a su cuerpo le hizo querer ver lo que había bajo esos jeans ajustados.

Él solo quería dejarla completamente desnuda, voltearla y dejar su indudablemente perfecto trasero en el aire, y follarla hasta que se hartara de gritar su nombre. Si alguna vez hubiera sentido tanta tentación por una chica en Escocia, sin duda la habría tomado en un pasillo de algún oscuro castillo.

Desafortunadamente, Echo no era ninguna moza lujuriosa. Primero que todo, ella era moderna. Segundo, ella sería su compañera, y lo último que Rhys quería era arruinar las cosas entre ellos apresurándose. Solo porque sabía que terminarían juntos no era razón para impacientarse. La chica que sería la madre de sus hijos merecía el sol y la luna, no una simple revolcada como lo haría cualquier animal en celo.

—No, a menos que me beses primero —le respondió mientras jugaba con su brasier.

Bueno, si era un beso lo que quería...

Rhys deslizó sus manos por la cintura de Echo y la volteó, bajando su rostro hacia el de ella. Él esperó, con sus labios a un latido de los de ella, alargando el momento tanto como pudo. Echo resopló, dejando al descubierto su hambre y deseo. Se inclinó hacia él, con su piel desnuda tocando sus brazos, y sus ojos totalmente cerrados. El momento perfecto.

CAPÍTULO UNO

ere Mal

Dominic "Pere Mal" Malveaux se recostó sobre la endeble cerca del techo del Hotel Monteleone. Entrecerró los ojos ante la vista del amanecer mientras contemplaba el cielo de Nueva Orleans. Cada vez que necesitaba pensar, dejaba atrás su lujosa habitación en el *penthouse* de Monteleone y subía a la piscina del techo. Esto lo tranquilizaba y le daba paz y quietud, lejos de sus tantos subordinados y su incesante ineptitud. También le ofrecía una excelente vista del resto de la ciudad y del río Misisipi.

El día de hoy, la vista era tan espectacular como siempre, pero su placer fue opacado por una sensación poco familiar. Incertidumbre, quizás. Estaba a punto de descubrir el secreto ancestral que el sacerdote vudú Baron Samedi había dejado atrás, una especie de acertijo que revelaba el secreto tras las Siete Puertas: la forma más rápida de cruzar el Velo, esa pequeña barrera entre este mundo y el más allá. La ruta más

1

corta hacia el reino de los espíritus, y el lugar al que Pere Mal ansiaba llegar.

Combinando sus propios poderes con los de los espíritus de sus temibles ancestros, sería invencible. Pere Mal era fuerte, pero una vez que destruyera el Velo y juntara los dos mundos, nadie lo podría detener. Le Medcin, aquella bastarda fastidiosa e impertinente, se arrodillaría ante sus pies. La gente era ingenua, y creía que las mentiras de Le Medcin sobre una fuerza mayor eran ciertas. Hubo un momento en que Pere Mal las había creído también.

Pero ahora... Pere Mal sabía que Le Medcin era una víbora mentirosa. Pere Mal la haría caer, completamente. Justo después de hacer que esa aprendiz de sacerdotisa se arrodillara ante él. Apretó los puños de tan solo pensar en Mere Marie, nombre con el cual se había bautizado actualmente. Esa zorra arrogante. Ella no era nadie cuando Pere Mal la encontró por primera vez siguiendo ciegamente los principios del vudú sin un entendimiento auténtico, sin apreciar el arte de balancear la magia blanca y negra. Sin su "tío Dominic" mostrándole el camino, ¿qué sería de la pequeña Marie ahora?

—Jefe.

Pere Mal se volteó para ver a su mano derecha, Landry, cruzando el impecable patio, luciendo perturbado. Landry era físicamente opuesto a Pere Mal, y eso los hacía un dúo interesante. Landry era bajito, de un metro sesenta. Su piel tenía una palidez única, que a pesar de su obvia herencia afroamericana, era casi tan blanco como la leche. También llevaba puesto un traje ajustado y aburrido. Si Pere Mal no le exigiera un atuendo de trabajo apropiado, él sin duda llegaría con unas bermudas de baloncesto, zapatillas y una camiseta andrajosa. En comparación con el alto, piel canela y elegante Pere Mal y su gracia del Viejo Mundo, Landry lucía exactamente como lo que era, un subordinado escurridizo que hacía el trabajo sucio, saltando para cumplir las órdenes de Pere Mal.

—Landry —dijo Pere Mal, dándole a su empleado una mirada mordaz que hizo detener el paso de Landry—. Pensé que habíamos dejado claro lo que pasaba cuando estaba aquí en el techo.

Landry bajó la cabeza, pero avanzó de todas formas.

—Sí, *monsieur* —dijo Landry, con su francés machacando su acento de clase baja. Claro, Pere Mal suponía que no todos podían hablar en acento haitiano nativo como él y su exprotegida Mere Marie.

—Y aún así —continuó Pere Mal, mirando a Landry por encima de su nariz—, estás aquí.

—Encontramos a la bruja. Tal vez. Creo —dijo Landry, deteniéndose a unos pasos del barandal donde estaba recostado Pere Mal. Landry se removió en su lugar un momento, inquieto por su mirada—. Supuse que querría saberlo cuanto antes.

—Entremos —dijo Pere Mal, alejándose del barandal y caminando hacia el pasillo—. No quiero comenzar una discusión ¿pero crees que puedes entrar en mis pensamientos siempre que te dé la gana?.

—Señor —dijo Landry, asintiendo aliviado.

Entraron por el camino que antes usó Landry, con Pere Mal adelante, y se abrieron paso hasta unos sofás acolchados a un lado del bar. Durante los fines de semana, el lujoso bar de madera se llenaba de gente ruidosa; justo ahora, estaba completamente solo y en silencio. Perfecto para la conversación que se avecinaba.

—Muy bien. Dime lo que encontraste —dijo Pere Mal, sentándose en el sofá más grande. Landry se sentó en el sofá de dos cuerpos a su lado, jugando nerviosamente con la desagradable corbata verde que llevaba puesta.

—Espere un segundo —dijo Landry. Acoplando sus

manos en su boca para ordenar—. ¡Amos! ¡Amos, trae a la chica! —gritó.

Landry tenía una pequeña mueca traviesa en sus labios mientras uno de sus subordinados arrastraba una escuálida adolescente a la habitación. La piel de la chica era color caramelo, era una mestiza nativa perfecta, y llevaba puesto un vestido ajustado azul eléctrico que hacía resaltar sus ojos color miel. Por el momento, esos ojos estaban llenos de lágrimas, su largo cabello estaba revuelto y su rostro mostraba miedo y furia al mismo tiempo.

Pere Mal encontró su belleza cautivadora, pero le desagradaban las lágrimas. Si él buscara humanidad, nunca se habría convertido en un sacerdote vudú de tal magnitud. Nunca habría aprendido todos los secretos ancestrales ni recitado las palabras que lo despojaron de su humanidad e inmortalizaron su alma. Cuanto más lejos se encontraba de sus inicios mortales, más le desagradaban los humanos y sus lamentables emociones. Las lágrimas de la chica, el brillo satisfactorio en los ojos de Landry... Pere Mal reprimió un bostezo de aburrimiento.

—La encontré bailando en un club en la calle Bourbon. Es una bocona, me contó que podía leer las energías, diciendo cómo su madre manejaba una cabina en Le Marché —gruñó Amos. Volteó su mirada hacia la chica, dándole una fuerte sacudida—. Dile sobre la mujer que vio tu mamá en Le Marché.

—No te vo'a ayudar —resopló la chica—. Me arrastraste por to'a la ciudad. Ni siquiera creo que me vayas a pagar por to'os los bailes priva'os que te di.

Landry aclaró su garganta.

—Justo en este momento, mis hombres cargan a tu mamá en una furgoneta —le dijo a la joven mujer—. Tú y tu mamá nos ayudarán a encontrar a esa bruja, o las mataremos a las dos.

La chica abrió y cerró su boca varias veces, como un pez buscando respirar fuera del agua.

—Andrea —dijo Amos, sacudiendo su brazo de nuevo—. Comienza a hablar.

—E… ella… Mi mamá dijo que esa chica blanca iba a su tienda to'o el tiempo, buscando cosas para, no sé… hacer sus hechizos más simples o algo así. La mujer ve fantasmas, creo. Mi mamá dijo que ella le dio un mensaje de mi tío una vez.

—¿Puede hacer algo más? —preguntó Pere Mal, con curiosidad.

—No creo —dijo Andrea, curvando sus labios—. Ni siquiera estuve ahí. Mamá solo dijo que la chica era una tonta por caminar por ahí desprotegi'a. Era muy poderosa y to'o eso.

—¿Cuál es su nombre? —preguntó Pere Mal, ignorando la actitud de la chica.

—Echo… algo. Echo… —Andrea se frotó el rostro, pensando— Cabba…algo. No puedo recordar e'sactamente. ¿Caballero?

—¿Y cómo pudo ocultar su poder? —presionó Pere Mal.

—Una Capa de Bruja —interrumpió Amos, luciendo confiado—. Es un té algo desagradable, pero funcional. Borra tu poder, y te hace invisible para otros magos. —Pere Mal entrecerró sus ojos, pensando cómo este lacayo sabía sobre herbolaria. Lo dejó pasar, carente de interés para preguntar.

—Muy bien. Continúa —dijo, señalando a la chica.

—¿Qué hay de mi 'amá? —preguntó, levantando la voz.

—La tendrás de vuelta en unas horas, sana y salva. Ella nos ayudará a encontrar a la bruja —suspiró Pere Mal.

—Médium —corigió Amos. Pere Mal le dio una mirada sorprendida que rápidamente se convirtió en una mirada furiosa, y Amos trastabilló, arrastrando a la chica con él.

Pere Mal caminó hacia una enorme ventana, y estudió el cielo mientras unía las piezas de su plan.

—Que la madre rastree a la bruja —ordenó Pere Mal—. Consigue su nombre también. Búsquenla y síganla hasta que se encuentre en un lugar silencioso. La quiero para mañana al atardecer.

—¿A dónde la llevarás? —preguntó Landry.

Ninguno de los negocios de Pere Mal se realizaban en el Hotel Monteleone. Él consideraba el Hotel su hogar lejos de casa, y no podía arriesgar la comodidad de su suite personal, incluso ante algo tan importante como encontrar a esa chica. El solo pensar en estar cara a cara contra la primera de las Tres Luces hizo que los labios de Pere Mal se curvaran para asemejarse a una sonrisa. Tras un momento de consideración, Pere Mal respondió:

—La casa Prytania. Asegúrate de que una de las brujas proteja el cuarto para ocultar la presencia de la chica y evitar que escape.

—Sí, monsieur —accedió Landry, y se dio la vuelta para salir.

—Landry —dijo Pere Mal, haciendo una pausa.

—¿Sí, señor?

Pere Mal le dio a Landry una mirada seria.

—Esto es importante. Hazlo personalmente. No puede haber errores —le dijo.

Landry tragó saliva, y asintió agitado.

—Sí, señor.

Pere Mal se dio la vuelta, despidiendo a Landry. Su corazón lleno con algo cercano a la alegría. En solo unas cuantas horas, él tendría a la bruja en su posesión. Ella sería la primera llave para descubrir los secretos de Baron Samedi, para abrir el Velo por completo.

Pere Mal no pudo evitar frotar sus manos, regocijándose.

"Pronto", se dijo.

cho

Miércoles, 10 a.m.

—No es que no entienda —dijo Echo en un suspiro, volteando sus ojos hacia la derecha para mirar la difusa aparición de un joven adolescente nativo que flotaba a su lado con una expresión ansiosa.

—Pero señora —dijo el fantasma—. ¿No cree que la gente debería saberlo? ¡La ciudad entera está en peligro!

Echo dudó, sin saber cómo responder. El problema de hablar con el joven Aldous era que, al igual que la mayoría de los fantasmas, no tenían contexto. Una vez que un espíritu cruzaba el Velo y entraba al otro mundo, no volvía a sentir el paso del tiempo. Mucho menos se daba cuenta de que el mundo seguía sin ellos. Los espíritus aparecían en el reino de los mortales porque algo los aferraba a él, evitando que siguieran hacia lo que fuera que los esperara del otro lado.

Además de anclados, los espíritus existían como fragmentos de memoria. Eran pequeñas piezas de almas humanas suspendidas en el tiempo, actuando con la única información y entendimiento que tenían: las circunstancias exactas del momento de sus muertes.

Eso no los hacía buena compañía o, al menos, eso opinaba Echo. En especial, cuando se trataba de fantasmas como Aldous, ingenieros civiles de la antigua Nueva Orleans, totalmente enfocados en el diluvio que podría reducir la población considerablemente... como lo logró en 1908.

—Aldous, si te prometo que iré al Ayuntamiento y hablaré con el alcalde en persona, ¿me dejarías resolver mis asuntos? —preguntó Echo.

Aldous asintió de forma fantasmagórica antes de desvanecerse por completo. Echo suspiró mientras entraba en el Faubourg Marigny, buscando el punto perfecto para entrar en el Mercado Gris. A veces conocido como Le Bon Marche o el Mercado Vudú, el Mercado Gris era una amplia red de negocios dedicados a los practicantes de varios tipos de magia y otros menesteres de los Kith —aquellos que podían hacer magia— ...bueno, cualquier cosa en realidad.

Entrar en el Mercado Gris tenía su truco, cada cierto tiempo se abrían entre una docena y cientos de puertas a la vez, cada una correspondiente a una única y casualmente aleatoria parte del mercado. Era algo parecido a una tartera rellena de perlas, cada una conectada a sus vecinas por una serie de lazos en forma de laberinto. Las perlas consistían en tiendas de libros de hechizos, dispensarios de herbolarios, burdeles exóticos, y cualquier clase de casa de adquisiciones oscuras, inquietantes y polvorientas.

Las entradas y salidas del Mercado Gris estaban brillantemente escondidas a simple vista. Algunas eran puertas reales, aparentando ser la entrada de casas o bares. Un humano pasaría a una tienda o a un edificio, mientras que un brujo podría descifrar y decir el santo y la seña únicos del portal, que le darían acceso al mercado.

Echo cruzó la calle Chartres, buscando algo y nada a la vez. Eso significaba que no estaba buscando nada en particular, pero sí buscaba algo que estuviera fuera de lugar, una pista de magia flotando por ahí... Distinguió una cabina telefónica de Bell South en buenas condiciones justo al lado de una casa derrumbada de estilo "rústico", con sus habitaciones ordenadas en fila de manera en que uno podía verlas desde la puerta principal hasta el patio trasero. Ya que era el año 2015, Echo asumió que esas nuevas cabinas telefónicas no se verían en todas las calles hoy en día. Ella cruzó hasta allí y entró por la puerta, tragando saliva antes de dar el primer paso hacia adentro.

Entró sin esfuerzo en el Mercado Gris, cruzando la cabina telefónica hacia un sucio callejón. Miró a su alrededor y caminó por el pasillo para encontrarse con una de las plazas principales del mercado, en el Carré Rouge. Esta sección del mercado siempre estaba iluminada con la luz de la luna, y se encontraba principalmente llena de vampiros buscando bancos de sangre, donantes vivos, burdeles... o una combinación de los tres. El resto del mercado lucía iluminado por unas luces tenues matutinas de una fuente indeterminada, pero en el Carré Rouge, siempre era más oscuro. Y más tenebroso, en opinión de Echo.

Echo tembló y se apresuró a salir del Carré Rouge, conteniendo la respiración hasta llegar al área principal del mercado. Una mezcla de aspectos, sonidos y olores llegó a sus sentidos mientras entraba en el enorme Mercado Gris. Quizás habría cerca de trescientas tiendas ambulantes montadas en la calle principal, acomodadas en líneas irregulares. Los vendedores tenían todo tipo de cosas, desde manzanas caramelizadas cubiertas con hechizos de amor y pociones prefabricadas económicas, hasta varitas simples y bolas de cristal para adivinos. El mercado principal comerciaba baratijas, mientras que los practicantes más expertos buscaban sus cosas más allá, en la docena de cuadras de locales privados.

Echo revisó los puestos por igual y se dirigió a la parte más alejada del mercado, mientras le echaba un vistazo a la tienda Hierbas y Pociones de Robichaux. Estaba todo tranquilo en el mercado. Durante las mañanas del mundo humano, la mayoría de los Kiths dormían para evitar la luz del sol o, simplemente, porque necesitaban recuperarse luego de trabajar hasta la madrugada. El mercado siempre estaba más ocupado después de medianoche, por lo que muchas tiendas no abrían sino hasta después de mediodía.

Abrió la puerta principal, sonriendo ante el familiar tintineo de la campana que le avisaba a la señora Natalie la presencia de visitantes. Echo estaba sorprendida de ver la tienda vacía; nunca antes había entrado en la tienda sin ver a la anciana herbolaria esperándola con una sonrisa y unos cuantos chismes sobre Kiths. Cerró la puerta y observó el escritorio vacío por un minuto, luego se estremeció. La registradora estaba en la parte de atrás de la tienda, rodeada a cada lado por tres filas de libreros hechos de madera blanca. Cada pasillo tenía estantes de plantas agrupadas por familia y propósito, con los especímenes vivos creciendo bajo jarrones de campanas de vidrio, y productos secos en botellas de todas las formas y tamaños. Aunque la colección era algo exagerada, los contenedores estaban muy bien arreglados y etiquetados.

Echo encontró lo que estaba buscando destapando un

jarrón de cerámica, y usó las pinzas que tenía dentro para tomar unas cuantas hojas, y luego meterlas en una bolsa plástica pequeña que llevaba en su bolso. Las hojas que compró antes aquí se habían echado a perder en menos de una semana, por lo que tenía que hacer este viaje con más frecuencia.

—¿Puedo ayudarla, señorita?

Echo Caballero se sobresaltó y casi derriba varios contenedores del estante opuesto, que parecían contener varios tipos de ranas y tritones secos. Se frotó la cabeza y miró al hombre parado al final del pasillo, que bloqueaba la salida. Lucía muy fuera de lugar; en principio, porque llevaba un traje oscuro desarreglado. No era común para los hechiceros, mucho menos vendedores Kith que frecuentaban el Mercado Gris. Aparte de eso, el hombre no era Natalie Robichaux, la dueña de la tienda.

—Esto... solo buscaba algo de Capa de Bruja —dijo Echo, frunciendo el ceño.

Levantó la bolsa plástica para mostrar que lo había encontrado.

—Ya veo, ya veo —dijo el hombre. Dio un paso hacia ella, con una mirada pensativa en su rostro y las manos en su espalda.

—¿Dónde está la señora Natalie? —preguntó Echo, con la garganta seca. Algo no estaba bien ahí.

—Ella salió —dijo el hombre sin pensar—. Soy Amos, su... sobrino.

Echo mantuvo una expresión vacía, pero quería reír. La señora Natalie era nativa del Congo, de piel tan oscura como el cielo de medianoche. El acento de este hombre era local y su tez era color oliva, pero ciertamente caucásica. Eran pocas las probabilidades de que él estuviera relacionado con la señora Natalie por lazos sanguíneos. Aún así, ella vaciló. No quería saltar a conclusiones precipitadas, por lo que mantuvo la boca cerrada.

—Ya veo. ¿Puedes venderme esto entonces? Tengo que irme —dijo Echo.

—Por supuesto —dijo él, retrocediendo unos pasos y con un gesto en la mano, como dándole paso a Echo.

El corazón de Echo se le subió a la garganta en cuanto vio una figura pálida aparecer al lado del extraño, una antigua esclava que Echo había encontrado en la tienda anteriormente. Ada era el nombre de esa chica. Si Echo recordaba bien, hacía mucho tiempo desde que Ada había aparecido ante ella. Ada meneó la cabeza en desaprobación, y sus trenzas negras bailaron con el movimiento. Cerró los puños y le dio a Echo una mirada consternada.

—Hombre malo, muy malo —dijo Ada, deslizando sus ojos hacia la izquierda para ver al extraño—. Tomó dinero. No es sobrino 'e nadie, señorita.

Echo se mordió el labio. El extraño le dio una mirada impaciente, inconsciente de la chica fantasma a su lado. Era el ejemplo perfecto de la vida de Echo, escuchando las cosas que la mayoría no podía escuchar, luciendo como una loca. Aunque usualmente los fantasmas no intentaban salvar la vida de Echo, solían hablarle sobre sus parientes ya fallecidos mientras ella manejaba el coche o le preguntaban sobre sus también fallecidas mascotas mientras trabajaba en su tienda en el Barrio Francés, con una fila de clientes impacientes que salían de la puerta.

—Pensándolo mejor... —dijo Echo—. ¿Crees que me puedas llevar donde están los... este, acónitos? ¿Al otro lado de la tienda? Los necesito para un hechizo, pero no estoy segura de qué estoy buscando —Echo apuntó, rezando para que el sujeto no descubriera la mentira. Él tomó una pausa y se encogió de hombros. Se giró y caminó directo al otro lado de la tienda, y Echo huyó, dejando caer la bolsa de hierbas mientras corría.

Estaba lejos de la puerta antes de que el hombre se diera cuenta de que ella había escapado, pero comenzó a perseguirla al instante.

—¡Auxilio! —gritó Echo, haciendo resonar su voz en la casi silenciosa calle.

Una anciana canosa se volteó a ver, con su capa oscura ondeando mientras se recostaba en su bastón, casi doblándose. La bruja sacó una varita plateada de su abrigo, pero era demasiado tarde. El hombre de traje agarró el codo de Echo y la lanzó hacia otro callejón y directamente hacia una puerta cerrada.

Pero no era una puerta, de hecho. Era, simplemente, una de las salidas sorpresa del mercado, y el atacante de Echo la lanzó por el portal hacia el brillante sol de Nueva Orleans. Ella sacudió su cabeza y se encontró en la entrada de una casa rústica de color melón. Su atacante la siguió, y Echo bajó las escaleras, mirando desesperada en búsqueda de ayuda.

Cruzando la calle, tres hombres corpulentos se dirigían hacia ella. Su cerebro tomó la escena en pequeñas partes, juntándolas lentamente: un rubio claramente malhumorado, uno de cabello negro con una sonrisa en su rostro, los tres tenían armas. Y no solo armas, sino pistolas y espadas. De hecho, también parecían llevar equipo táctico como algún tipo de equipo SWAT.

La mente de Echo se derrumbó en ese instante, y se dio cuenta de que un cuarto hombre buscaba su espada. Solo cuando lo miró, se enfocó en él únicamente. Cabello rojizo, barba roja impactante, hombros anchos, y...

Dios, esos debían ser los ojos más verdes del mundo. Vivos como una jungla, brillantes como fuego esmeralda, esos ojos se quedarían grabados en los de ella. Su cerebro se apagó, cegada por la sensación de *conexión*, superada por el deseo de estar *más cerca*...

Cuando su cerebro se rindió, también lo hicieron sus pies. Su perseguidor, el hombre de traje oscuro que había olvidado, la atrapó al instante. La sujetó por detrás, apretándola fuertemente, y todo el mundo desapareció.

—¿Qué demo...? —murmuró Echo para sí misma. El atacante la empujó, y ella tuvo solo un momento para analizar su entorno.

Ella estaba sobre una imposiblemente remota playa de arena negra, mirando un barrio costero. Parecía una playa hawaiana que había visto una vez en el canal National Geographic, pero el aire era más frío. Húmedo y salado, pero distintivamente carente de calor. Echo miró arriba y descubrió que no había ni sol ni cielo, solo un vago sentido de luz desde arriba, típico en las construcciones Kith, justo como la luz tenue y el ocaso del Mercado Gris.

Así que esto era una clase de "vía de escape", un escondite formado por un pliegue entre los mundos, en algún lado y en ninguno al mismo tiempo. Ella había escuchado sobre ellos, pero nunca visitó uno.

El sonido de un arma cargada la hizo temblar. Echo tragó saliva y volteó su cabeza para ver a su atacante, que respiraba agitado y lucía claramente molesto.

—¿Por qué estoy aquí? —preguntó.

—Cállate. Dame tu bolso —dijo el hombre haciendo gestos—. No tendrás más de esa maldita hierba, ¿verdad?

Echo frunció el ceño y entregó el bolso, sintiéndose mal del estómago mientras lo miraba hurgar en él. Confiscó su navaja de la armada suiza y examinó el espejo de mano antiguo que Echo cargaba consigo, quizás olfateando si había magia en el espejo. Él la miró una vez y regresó el espejo a su bolso, luego lo lanzó al suelo, a unos pies de distancia.

—Puedes sentirte cómoda —le dijo el hombre—. Solo será un momento.

—¿Qué será un momento? —preguntó Echo, frustrándose cada vez más mientras se le aceleraba el pulso.

—Ya lo verás.

Se quedaron en la playa por lo que parecía que serían años. Echo miraba el escenario simulado para calmar su tensión y aburrimiento. Justo cuando ella pensó que se quedaría en esa isla para siempre, un par de hombres de traje aparecieron en su línea de visión con un sonido distintivo. Uno era casi idéntico al atacante, mismo traje oscuro y aspecto pálido. El otro, por otra parte...

El otro hombre era enorme, como de dos metros al parecer. Tenía el claro aspecto hispano, piel canela y pelo oscuro, acoplado alrededor de una sonrisa fría. Llevaba un esmoquin bien arreglado, lo que se adecuaba a su enorme estatura. Echo se volteó a mirarlo, y su boca se abrió cuando vio que sus ojos eran de color naranja. No naranja como las avellanas. Color naranja puro, como dos bolas de fuego flotando donde deberían estar sus ojos. Echo sintió la necesidad de correr y vomitar al mismo tiempo, pero su tonto cerebro no hacía nada al respecto.

—Jefe —dijo su atacante, dirigiendo su atención hacia el recién llegado.

Echo se paralizó por un momento, dejando que su pánico tomara el control. Su mano voló para agarrar el arma de la mano del asaltante, sorprendiendo al grupo. Se lanzó sobre su bolso, buscando sacar el espejo de mano.

—Regresar —susurró mientras presionaba los dedos en la superficie del espejo, cerrando sus ojos.

Por un largo momento, no evitó abrir los ojos. Raramente usaba hechizos. No solía usar ningún tipo de magia, en realidad. Era posible que su plegaria no hubiera hecho nada después de todo. Se deslizó, y se dio cuenta de que ya no estaba sobre arena. De hecho, estaba totalmente de pie, y el abrasador aire golpeando su piel le indicó que estaba de vuelta en Nueva Orleans. Abriendo los ojos, se encontró cara a cara con el mismo hombre que había visto antes, con sus ojos como mar esmeralda fijos sobre ella...

Sin saber qué estaba haciendo, Echo se lanzó en los brazos del extraño y estalló en lágrimas.

CAPÍTULO TRES

 hys

Miércoles, 10 a.m.

—¡Ajá! ¡Ya te tengo, pelirrojo bastardo!

Rhys Macaulay gruñó mientras ajustaba el agarre de la empuñadura de su larga espada. Su labio se apretó mostrando los colmillos mientras sus dedos se deslizaron unos centímetros, pero su compañero de pelea no perdió el tiempo. Gabriel se deslizó a la izquierda, con sus zapatillas rechinando contra el suelo de goma del gimnasio de la mansión con cada movimiento. Rhys ajustó su agarre, pero fue inútil; él y Gabriel habían estado entrenando por casi dos horas, y las manos de Rhys estaban húmedas por el sudor.

—Tú estás manteniendo tus manos secas con magia, maldito inglés —acusó Rhys, con su rabia engrosando su acento escocés al punto en que lo hacía verse inseguro.

—Creí que habías dicho que en la guerra todo vale —respondió Gabriel, con su refinado acento de Londres que jodía los nervios de Rhys—. "Laanza tierra en sus oojos", dijiste. "Cuando llegue el momentooo, pateea al hombre cuando esteé abajo".

Rhys soltó un bufido por la imitación de Gabriel.

—Yo no hablo así —insistió Rhys.

Gabriel tomó ese momento para atacar, usando un movimiento astuto para desarmar a Rhys mientras conectaba un golpe en sus costillas. Gabriel detuvo su espada a un centímetro de la piel de Rhys, un movimiento impresionante en sí. Rhys se había tomado la molestia de entrenar a Gabriel durante los primeros meses por esta razón; sería una tontería intentar entrenar a alguien que no tuviera el suficiente control como para no herir a su maestro.

—Eso fue un punto a favor, ¿no? —Gabriel le dio a Rhys una sonrisa burlona. Retrocediendo y bajando su espada, Gabriel pasó su mano por su cabello ondulado, oscuro y sudoroso. Había venido desde muy lejos cuando todos comenzaron a vivir en la mansión, y tras varios meses de entrenamiento intenso había tonificado bien su cuerpo. Ya estaba casi tan ancho y musculoso como Rhys, pero un poco más esbelto, lo que le daba a Gabriel una dosis extra de gracia.

—Cállate, niño bonito.

Rhys volteó sus ojos, pretendiendo terminar el combate. En el momento en que Gabriel desvió su atención, Rhys estuvo sobre él, con el filo de su espada a un cabello de su cuello. Forzó a Gabriel a arrodillarse y bajar su espada, con sus ojos llenos de desprecio.

—Tiempo fuera —siseó Gabriel.

Rhys se retiró y sonrió, y después de un momento, Gabriel soltó una risa de exasperación.

—En serio, odias perder, ¿no? —preguntó Gabriel, aceptando la mano de Rhys para levantarse.

—No es eso, Gabriel. Quiero que entiendas lo que hay fuera de este refugio —dijo Rhys, señalando con su mano los terrenos de la mansión—. Hay un mundo lleno de injusticias. Gente que juega sucio, porque así es como ellos ganan. Si pueden detenerte de cualquier forma, habrán ganado. No les importa el honor.

Gabriel abrió la boca una vez más, y luego se encogió de hombros.

—Pronto —le dijo, apuntando un dedo a Rhys—. Hemos entrenado juntos por un año. Vencí a Aeric la semana pasada, y pronto te venceré a ti.

—En tus sueños, hombre —dijo Rhys, caminando hacia el muro y colocando su espada de práctica en la repisa.

Gabriel hizo lo mismo, dándole una mirada escéptica a Rhys.

—Soy cuatro años más joven que tú —señaló Gabriel.

—Sí, y nuestras vidas antes de ser de los Guardianes no pudieron haber sido más diferentes —respondió Rhys encogiéndose—. Fui criado como el primogénito del líder de un clan de las Tierras Altas. Tenía un montón de responsabilidades a muy corta edad. Estuve ocupado todos los días desde que tuve siete años, entrenando a otros a los doce, y luchando por el rey a los veintidós. Siempre supe que iba a....

Rhys se detuvo a mitad de la frase. "Gobernar a mi pueblo" estaba en la punta de su lengua, pero no pudo decirlo. Su quijada se tensó mientras consideró, por milésima vez desde el año pasado, el hecho de que nunca gobernaría nada. Él había sacrificado ese derecho en el momento en que hizo un trato con Mere Marie.

—Rhys... ya no estamos en 1764 —dijo Gabriel, mirándolo con una expresión casi de pena que hizo que le ardiera el estómago a Rhys—. Es el año 2015, y necesitas acostumbrarte al hecho de que eres un guardián ahora. Una simple abeja obrera en la pequeña colmena de Mere Marie, protegiendo a Nueva Orleans. No es como si fueras el único que ella trajo de hace cientos de años en el pasado para jugar a los soldaditos.

La quijada de Rhys se tensó más ante el tono casual de Gabriel. Era cierto, Rhys había renunciado a su clan y a su derecho, a cambio de que Mere Marie garantizara que su pueblo sobreviviría y lucharía sin importar cuántas amenazas enfrentaran. Eso no significaba que Rhys olvidaría su vida anterior o que pretendiera que no se arrepentía de sus decisiones. Rhys y Gabriel habían tenido esta misma discusión cientos de veces el año pasado, y aprendían los fortalezas y debilidades de cada uno mientras entrenaban como una unidad de combate cooperativo.

El tercer guardián de su equipo… bueno, era un gran luchador, pero era considerado menos amistoso. Rhys todavía consideraba a Aeric, el guerrero vikingo que de alguna forma había terminado en su grupo, de manera misteriosa.

—Muero de hambre —resopló Gabriel, interrumpiendo los pensamientos de Rhys. Rhys intuyó que Gabriel buscaba cambiar de tema para eliminar su flujo de pensamientos deprimentes. Rhys sabía que lo hacía por la amistad que forjaron en todo ese tiempo. Los dos hombres habían encontrado una forma tranquila de entendimiento mutuo el año pasado, al menos mejor que el que habían conseguido con Aeric. Aeric seguía siendo el solitario y reservado.

—Muy bien, muy bien —dijo Rhys, pasando una mano por sus cejas—. Vi a Duverjay preparar unos emparedados cuando veníamos para acá.

Gabriel y Rhys dejaron el gimnasio y caminaron a través del amplio campo verde que formaba parte del patio trasero de la mansión. Entraron en la casa principal y cruzaron la sala de estar para llegar a la cocina, donde el mayordomo de la Mansión Duverjay acomodaba unas bebidas energéticas en un bol con hielo. El nativo bajito apareció el primer día que Rhys llegó a la mansión, listo para servir a sus necesidades, pero Rhys estaba seguro de que Duverjay también reportaba cada uno de sus movimiento a Mere Marie.

—Ah, Duverjay, siempre sabes lo que me gusta —se burló Gabriel. Duverjay levantó una ceja, pero no respondió. El hombre era de la escuela clásica de mayordomos, y sabía que si le seguía el juego a Gabriel terminaría iniciando sus días de trabajo en sandalias.

Los Guardianes atormentaban a Duverjay sin piedad sobre su impecable traje negro y camisa blanca que llevaba a diario. El mayordomo nunca varió nada en su uniforme autoimpuesto, pero eso no lo detenía de lanzar miradas de reproche a los Guardianes cada vez que paseaban por la mansión en shorts deportivos y zapatillas tras un día largo de entrenamiento.

Formados por Mere Marie con la intención específica de proteger la ciudad de Nueva Orleans de una marea de peligros y maldades, en especial de una escurridiza y oscura figura conocida como Pere Mal, los Guardianes pasaban gran parte de su tiempo patrullando las calles de la ciudad. Ellos, generalmente, monitoreaban todas las ocurrencias de los Kith, o comunidad paranormal, pero podían ser llamados para ayudar a los humanos si la emergencia era grande. Cuando no estaban patrullando, los Guardianes entrenaban o mejoraban sus habilidades con el manejo de las armas, usualmente en la galería de tiro con pistolas y ballestas.

El mayordomo tenía razón en llevar trajes y corbatas, planchados y listos, a cada dormitorio de los Guardianes. Para que en cualquier momento, ellos pudieran cambiar sus jeans y botas sucias de escalar por una vestimenta más acorde para cenar. De todas las cosas de la era moderna, los jeans ajustados y los coches veloces eran los favoritos de Rhys.

Aunque había dejado muchas cosas en su antigua vida, Rhys había llegado a apreciar ciertas partes de la nueva. En el año 2015, pudo conseguir una gran variedad de vinos finos y de whisky, para empezar. La infinidad de estilos de ropa era increíblemente amplia, aunque Duverjay hacía la mayoría de las compras de vestuario para los Guardianes, ese hombre siempre tenía ojo para el buen vestir.

Había algo que faltaba decir sobre la comida, una deslumbrante lista de opciones para cualquier tipo de carnes rojas y blancas que Rhys nunca había conocido antes, multiplicada por mil. Rhys prefería sobre todas las cosas una buena pieza de salmón rostizado, papas cocidas y una fresca ensalada de vegetales. Usualmente acompañado con un vaso de whisky escocés, aunque procuraba no consumir demasiado alcohol.

El estómago de Rhys rugió, y se dio cuenta de que se estaba emocionando por la idea de comer salmón, pues había ganado un apetito voraz entrenando con Gabriel. Maldita sea ese hombre, pero el otro guardián ya era casi tan bueno como Rhys en el manejo de la espada, por lo que tendría que trabajar más duro para que esos dos no lo superaran.

—¿Y la cena? —preguntó Rhys al mayordomo.

—Caballeros —dijo Duverhay con una ligera reverencia —. Hay una jovencita en apuros esperándolos en el vestíbulo. Deberían verla antes de comer.

Rhys le dio a Duverjay una mirada curiosa, y luego, con Gabriel, se dirigieron al salón principal. Una mujer de piel clara esperaba ahí, frotándose las manos. Llevaba un vestido azul real que se ajustaba a cada curva. Con un par de zapatos de tacón alto, su vestido elegante no encajaba con su desesperada expresión.

Duverjay se interpuso entre la chica y Rhys, colocando

una mano consoladora en su brazo. Rhys notó que Gabriel se contuvo, aparentemente, al ver su condición.

—Ella es Andrea —dijo Duverjay, dándole a la chica una sonrisa comprensiva—. Su madre está en apuros, ¿no es así, Andrea?

La joven asintió, con los labios temblorosos. Rhys se sorprendió al ver cómo Duverjay se esmeraba por consolarla. Duverjay rara vez dejaba ver sus emociones, y Rhys nunca había visto al mayordomo expresar simpatía de ninguna forma.

—Ese hombre, Pere Mal, tomó a mi 'amá —sollozó Andrea—. Ella no hizo na'a malo. Ese hombre no podía llevársela así no ma', solo porque ella trabaja'a en Le Marché, ¿o sí?

Mere Marie, la voluble empleadora de los Guardianes, bajó por una de las dos grandes escaleras que flanqueban el salón principal, aunque Rhys no la había escuchado entrar. Era una pequeña mujer de unos sesenta años, pero Rhys sabía que Mere Marie tenía, al menos, tres o cuatro veces la edad que aparentaba. Tenía ese tono de piel distintivo de los nativos, color café claro, pero su cabello canoso y su acento de Nueva Orleans con un toque de francés daban la sensación de que tuviera sangre de varias castas: haitiana, nativa y europea, quizás también algo de española.

Como siempre, Mere Marie estaba vestida con un conjunto de túnicas de algodón. El día de hoy, vestía una de color amarillo claro, arremangada hasta los codos. Rhys notó el aroma a anís y hierbas amargas, haciéndose más intenso a medida que ella se acercaba. Sus dedos y antebrazos estaban llenos de rayas verdes y amarillas, señales de que había estado trabajando en el apotecario, haciendo pequeños sacos que ella llamaba *gris-gris*.

Trabajar para una sacerdotisa vudú nunca era aburrido, eso era seguro. Rhys se alejó de ese aroma embriagante que salía de Mere Marie, y esperó a escuchar lo que tenía que decir sobre el mayordomo trayendo extraños a la mansión.

—Ah, Duverjay, veo que trajiste una familiar de visita al trabajo —dijo Mere Marie, arqueando una ceja.

Rhys se volteó para ver a Duverjay y a Andrea, y de repente fue obvio que eran parientes. Misma nariz y mismos ojos marrón chocolate. Duverjay miró a Rhys y a Gabriel, como si los desafiara a decir algo sobre él o Andrea.

—Mi sobrina de hecho, *madame* —dijo Duverjay a Mere Marie—. Espero que no le importe.

Rhys miró a Mere Marie, preguntándose por enésima vez sobre qué había hecho para ganarse la lealtad y respeto de este hombre. Duverjay no cedía ante nadie, pero con Mere Marie se convertía en la imagen viva de la cortesía.

—Entonces escuchemos —dijo Mere Marie, dándole a la joven una mirada escéptica.

—Bueno, esta'a en mi trabajo en el Estilete, hablando con uno de mis clientes regulares. Este tipo, Amos. Da buena lana —Andrea tomó una pausa y respiró agitada.

—Le conté una historia sobre mi 'amá, sobre su trabajo en el merca'o vudú, cómo conocía a to'a esa gente. Brujas y psíquicos, gente que venía por sus hierbas y demá'.

—Tu madre siempre tiene productos de alta calidad —dijo Mere Marie asintiendo.

—Bueno, no imaginé que Amos trabajaría para alguien... no sé quienes sean, pero se lleva'on a mi 'amá en mitad 'e la calle. Ella ni siquiera pu'o cerrar su tienda ni na'a, y dejó la puerta abierta. Menos mal que to'os le temen a mi 'amá —refunfuñó Andrea.

—¿Y Amos te dijo dónde estaba tu madre? —preguntó Duverjay.

—Nah. Creo que ese tipo, Perma-lo-que-sea que sea su nombre, tenía otro lugar en el puente 'onde tenía cautiva a la gente. Amos lo hacía sonar como... —Andrea hizo una pausa y tembló—. Como si no fuera gran cosa. Eso e' un problema.

—Hablas de Pere Mal, al parecer. ¿Por qué tendrían a tu madre de rehén? ¿Acaso ella tiene algo que ellos quieran? —preguntó Mere Marie, inclinando su cabeza.

—Amos me daba buena propina hace una semaa, pidiéndome que buscara cie'ta persona. Una médium, así la llamó. Alguien muy fue'te, sin escudos para evitar a la gente. Mi 'amá leía auras y otras vainas, ¿sabes? —dijo Andrea, haciendo señas con sus manos para imitar un aura—. Ella dijo que esta chica llegó y busca'a una hierba, algo que hiciera que no viera fantasmas y eso. Mi 'amá decía que el aura de esa chica era un poquito azul, significa que no tiene a nadie esperándola en casa. De todas formas, Amos pregunta'a, así que le dije sobre la chica. Supuse que quería contactar un fantasma o algo así.

—¿Y ellos secuestraron a tu madre para encontrarla? —preguntó Rhys, llenando los huecos de la historia.

—Sí. Su nombre es Echo Caballero. Amos la llamó algo más, también… Una luz o una vaina así— susurró Andrea.

—Cuida tu lenguaje —advirtió Duverjay con el ceño fruncido.

—Perdón, tío George —Andrea le dio una sonrisa de arrepentimiento y Duverjay le dio un gentil abrazo.

—Busquemos algo para que bebas, ¿bien? —dijo Duverjay, lanzando a Rhys una mirada amenazante mientras llevaba a su sobrina a la cocina—. Deja que ellos trabajen en cómo recuperar a tu madre.

Después de que se alejaron de cualquier percepción auditiva, Gabriel soltó un suspiro de preocupación.

—No sabía que ahora le hacíamos encargos personales a Duverjay —se lamentó.

—No fue por eso que Duverjay la trajo —soltó Mere Marie, lanzando una mirada de reproche a Gabriel—. Él la trajo porque involucra a Pere Mal. Y qué bueno que lo hizo, si esta mujer es lo que creo que es. Las Tres Luces deben ser protegidas, alejadas de Pere Mal a toda costa.

—¿Qué son las Tres Luces? —preguntó Rhys.

Trabajar para Mere Marie le había abierto a Rhys un nuevo mundo, y cada maldito objeto mágico parecía tener un título propio y una historia. Eso sin contar la extraña historia de Nueva Orleans y la mitología en la que estaban inmersos Mere Marie y Duverjay. Que Dios te ayude si llegases a nombrar al Barrio Burgundy como el vino, cuando los locales lo llaman *Ber-GUN-di*.

—¿Dónde está Aeric? —preguntó Mere Marie, abanicándose—. Necesito a los tres Guardianes para esta tarea.

Gabriel se volteó, arqueando las manos en su boca, y gritando el nombre de Aeric hacia el segundo piso, donde yacía la habitación del vikingo. Los cuatro pisos superiores estaban acomodados para que cada fila de puertas de madera negra saliera hacia una habitación que conectaba con las escaleras a cada lado de la mansión. Esto significaba que desde el vestíbulo, el volumen de ese grito fue particularmente impresionante, y Rhys sonrió ante la expresión de disgusto de Mere Marie por estar tan cerca del sonido.

Segundos después, la puerta del segundo piso se abrió y un enorme hombre con el cabello color rubio oscuro apareció luciendo iracundo.

—¿Qué? —preguntó Aeric, caminando hacia el barandal e inclinándose para verlos desde abajo. El acento de Aeric estaba mejorando, considerando que en el momento en que llegó a la mansión no sabía hablar, pero aún así seguía taciturno.

—*Nuestra señora* nos necesita —dijo Gabriel, usando el título que impuso Mere Marie.

Aeric les lanzó una mirada férrea, luego marchó hacia la sala bajando las escaleras.

—Estaba en mitad de algo —les informó el exvikingo. Su acento noruego medieval era grueso cuando decidía hablar. En ocasiones, Rhys luchaba por entender las palabras entre todo lo que balbuceaba Aeric.

—Ya no —le dijo Mere Marie cortantemente, girando y llevándolos a la enorme sala de estar. Duverjay y Andrea estaban en la cocina abierta, sentados en el bar y hablando en voz baja.

Mere Marie los llevó a lo que los Guardianes llamaban "el mesón", una enorme mesa de roble rodeada por varias ramas pesadas. Era su centro de reuniones cuando discutían sobre el negocio de eliminar demonios y, generalmente, de luchar contra las fuerzas malignas que amenazaban Nueva Orleans.

Ella tomó asiento al final de la mesa, dejando a Rhys, Aeric y Gabriel buscando sentarse a su alrededor.

—Pere Mal ha secuestrado a una pariente de Duverjay —le contó Mere Marie a Aeric, apuntando al mayordomo con una mano.

Aeric frunció sus labios, quizás preguntándose sobre la cordura de Pere Mal al secuestrar a alguien tan cercanamente conectado a los Guardianes, pero no dijo nada. Ya sea que Pere Mal fuera consciente de los Guardianes o no, ese tema era frecuentemente debatido en la mansión, y justo ahora no era el momento de comenzar una acalorada discusión sobre un tema sin importancia.

—Andrea dijo que el hombre de Pere Mal llamaba a la mujer "Luz". Como una de las Tres Luces —dijo Mere Marie, lanzando una pequeña introducción—. Pere Mal está obsesionado con destruir el Velo, la barrera protectora entre el mundo de los espíritus y el nuestro. Él quiere ser capaz de gobernar a los espíritus de los ancestros, invocar sus poderes a voluntad. Desafortunadamente, eso implica que otras cosas crucen el Velo.

—Supongo que eso es malo ¿verdad? —dijo Gabriel.

—Digamos que todos tenemos fantasmas en nuestros pasados, y un espíritu vengativo sería una bendición comparado con las fuerzas más tenebrosas que podrían emerger —dijo Mere Marie.

—¿Y qué son las Luces? —preguntó Rhys, curioso.

—Pere Mal cree que Baron Samedi, un antiguo sacerdote vudú, encontró una manera de abrir el Velo. "Siete noches, siete lunas, siete secretos, siete tumbas". Algunos piensan que son la llave para abrir las Puertas de Guinea, que conducen directamente al reino de los espíritus. Desde allí, ciertos... hechizos... podrían usarse para desgarrar el Velo para siempre.

Aeric finalmente habló, dejando a Mere Marie con una mirada perpleja.

—Tengo curiosidad sobre cómo sabes tanto sobre Pere Mal.

Mere Marie se tensó por un segundo, y luego se volvió a relajar. Pasó tan rápido que Rhys pensó haberlo imaginado.

—Tengo mis contactos —fue su única respuesta.

Sus palabras eran ciertas, de hecho, ella tenía una enorme red de informantes a lo largo de la ciudad, todos hablando entre sí, pasando secretos uno a otro hasta llegar a los oídos de Mere Marie, quien tenía un lado encantador, una manera de hacer que la gente se relajara y se riera hasta *querer* contarle todo.

—Cierto —dijo Rhys, meneando su cabeza por un momento—. Entonces, ¿las Luces son parte de un ritual o algo así?

—No estoy segura —dijo Mere Marie, sorprendiendo a Rhys—. Ellas tienen diversas funciones. Andrea mencionó que esta chica, Echo, era una médium. Posiblemente que Pere Mal la necesite para invocar y comunicarse con un fantasma.

—No hay forma de saber con quién quiere hablar —

informó Gabriel—. Podría ser el mismo Baron Samedi, o un miembro de su familia. Podría ser…

—Cualquiera —finalizó Rhys asintiendo—. No estoy seguro de cómo pelear contra algo que no sabemos cómo buscar.

—La chica. Busquemos a la chica —dijo Mere Marie—. Necesitamos usarla para encontrar el secreto antes que Pere Mal.

El silencio reinó por un largo rato.

—¿Sugieres que la usemos de la misma forma que el hombre de quien la vamos a rescatar? —preguntó Gabriel, frunciendo el ceño en disgusto.

—Sí. Y creo… —Mere Marie pretendía mirar alrededor de la casa por un momento—. Ah, sí. Sigo estando a cargo aquí. Así que, si les pido que busquen a la chica, y que lo hagan pronto… les convendría hacerlo. —Se puso de pie, dándole a todos una mirada amenazante—. Usen el espejo adivino. Encuentren a la chica. La quiero tener en la mansión antes del amanecer —ordenó. Giró su cuello, produciendo varios sonidos fuertes, y dejó el salón sin mucho más que una mirada hacia atrás.

—Bueno… muy bien —dijo Gabriel, con un claro resentimiento en su rostro—. Creo que probaré con el espejo.

hys

Miércoles, 11 a.m.

—Necesitamos más que solo una vaga localización —dijo Rhys mientras los tres hombres miraban el espejo adivino, que estaba reflejando una brillante y colorida cuadra del Faubourg Marigny, un vecindario cercano al Barrio Francés lleno de hogares tipo cabañas nativas muy bien cuidadas—. El hecho de que esté en algún lugar de Barrio España no ayuda mucho.

—Hmmm... —murmuró Gabriel, pensando en ello—. Bueno, hay algo que podría intentar. Nunca lo he hecho antes, pero encontré un hechizo oscuro que podría mostrarnos cómo luce la chica.

—¿Implica matar a alguien? ¿Quemar algunas cejas? —

preguntó Aeric, dándole a Gabriel una mirada de reproche. Hacía un mes, en su residencia, Aeric había dejado que Gabriel lo usara como sujeto de prueba para un hechizo de invocación en la mansión. La manzana en la mano de Aeric no se movió ni un poco, mucho menos salió volando a la mano en espera de Gabriel, pero Gabriel, de alguna manera, logró dejar a Aeric sin cejas ni pestañas, cosa que a Rhys le hizo mucha gracia.

—No —dijo Gabriel en defensa—. Ya te dije, una de las palabras en ese hechizo estaba mal. No fue mi culpa.

—La magia es del mago —indicó Aeric. El vikingo tenía fuertes sentimientos sobre la responsabilidad mágica, lo que hizo pensar a Rhys sobre la vida pasada de Aeric. Era evasivo al hablar sobre su habilidad de cambiar de forma y su conocimiento sobre la magia, desconfiaba de las mujeres y se sentía abrumado por la tecnología moderna. Desafortunadamente para la personalidad inquisitiva de Rhys, Aeric era un bastardo reservado que nunca hablaría sobre su pasado por más de un minuto.

—De acuerdo, de acuerdo —dijo Rhys, revisando su reloj de pulsera dorado—. No tenemos tiempo para esto. Gabriel, haz el conjuro.

—Necesito a la chica. Me refiero a Andrea —dijo Gabriel.

Trajeron a Andrea, con Duverjay flotando en el escenario y lanzando miradas desconfiadas a los Guardianes. Gabriel había empezado a tomar una página del libro de Mere Marie; cuando lanzaba hechizos, él combinaba los ingredientes físicos antes de tiempo y los guardaba en un saco pequeño de lino blanco. Dependiendo del hechizo, el saquito podía ser cargado bajo la ropa y en contacto con la piel, quemado dentro de un círculo de sal, lanzado al río, o cualquier otro gesto simbólico.

Este hechizo requería que Andrea colocara el saquito del

tamaño de una moneda en su lengua mientras visualizaba al objetivo del hechizo. Rhys hizo una mueca comprensiva cuando Andrea olfateó la pequeña bolsa y palideció a causa del olor, pero siguió las órdenes y cerró sus ojos.

Tras un breve encantamiento, Gabriel levantó sus manos ante el rostro de Andrea. Hizo un gesto intentando halar algo, tomando el aire cerca de sus ojos y llevando sus manos hacia atrás. Una delgada niebla gris apareció en el aire, formando frente a ellos una imagen móvil en blanco y negro de la joven mujer de la cual la madre de Andrea se había hecho amiga.

La imagen era borrosa, no daba muchos detalles. La mujer tenía piel pálida, cabello claro, ojos oscuros y un rostro con forma de corazón. Una mirada a su cuerpo mostraba una chica con figura de reloj de arena curvado, pero con un vestido modesto al estilo retro. Por alguna razón, aunque los detalles eran pocos, Rhys sintió una sensación de atracción por debajo de su estómago.

Suprimió esa extraña reacción tensando su rostro. No había estado con una mujer desde que llegó a Nueva Orleans. Las mujeres modernas eran un acertijo para él, jugaban con reglas que él no entendía, usaban tecnología que él no quería o necesitaba, esperaban... Bueno, no un cortejo ciertamente, Rhys lo tenía muy claro.

Él estaba solo en la mansión, y a diferencia de Gabriel, no se esforzaba en acostumbrarse al humo de cigarro de los bares y los ruidosos clubes nocturnos. A decir verdad, bailar era la peor parte. La más forzada interacción social de todas, con "música" que Rhys despreciaba, todo eso mientras se presionaba contra una mujer extraña...

Sacudió su cabeza y se concentró en lo que tenía enfrente.

—Listo. Hemos terminado —le dijo Gabriel a Andrea, que lucía aliviada mientras escupía el saco en su mano—. Quédate con Duverjay hasta que liberemos a tu madre, ¿sí?

—Gracias —dijo Andrea, permitiendo al mayordomo llevarla de vuelta al salón principal. Duverjay y Mere Marie tenían habitaciones en el cuarto piso, y Rhys supuso que Duverjay dejaría que Andrea durmiera en el suyo por la noche.

—Es hora de la parte divertida —dijo Aeric, esbozando una de sus extrañas sonrisas.

Rhys y Gabriel siguieron a Aeric mientras salían por la puerta trasera, cruzando el patio y hacia el gimnasio. Este estaba dividido en tres segmentos. La zona más grande tenía el área de entrenamiento que Rhys y Gabriel habían usado; el suelo podía transformarse en goma dura, placas más suaves o, incluso, un cuadrilátero listo para practicar boxeo. El segundo segmento más largo tenía equipo de entrenamiento y de ejercicio: pistas de carreras, estantes de pesas de varios tamaños y todo tipo de equipo especializado para mantener sus cuerpos en perfecta forma para portar espadas. El último segmento, más pequeño que el resto del gimnasio, era también el único lugar protegido con detector de huella dactilar y escáner de retina.

Aeric cruzó todo el gimnasio hasta la jaula de barras negras y se detuvo en la puerta para el escaneo rápido, desactivando las cerraduras de la puerta de un metro de grosor. La abrió de golpe y entró, esperando a que Rhys y Gabriel lo siguieran.

Rhys miró las barras de metal que formaban las paredes de la jaula, cada una llena hasta el techo con filas de armamento. Rifles y armas nuevas, a la derecha; espadas y armas antiguas, a la izquierda. Gabriel fue hacia la derecha, y Aeric y Rhys hacia la izquierda. Típico, ya que Gabriel se había ajustado a la tecnología del siglo XXI con facilidad, a diferencia de Aeric y Rhys, a quienes les costaba un poco más. En especial, a Aeric. Él había aprendido lo mínimo sobre armas y computadoras, pero solo eso.

Quizás fue por el hecho de que, aunque los tres hombres aparecieron en la misma época, Aeric y Rhys eran mucho más viejos que Gabriel, que había vivido treinta años antes de unirse a los Guardianes. Su envejecimiento humano se detuvo solo unos meses antes de llegar a la mansión, treinta años siendo el punto común estático para los ursos — personas que tomaban forma de osos—. De cualquier forma, Rhys y Aeric fueron directamente a las espadas. Rhys escogió una espada escocesa balanceada y Aeric tomó una espada ancha y pesada. Eso decía mucho de sus estilos de pelea, con Rhys escogiendo maniobrabilidad y Aeric pura fuerza bruta. Cruzaron caminos con Gabriel, quien había tomado dos pistolas negras y una riñonera doble.

Mientras Gabriel se dirigía a buscar una espada ligera, Rhys y Aeric escogieron sus armas. Había una regla de los Guardianes que Mere Marie había establecido: "si pelean en el mundo moderno, necesitarán equipo moderno". Si alguien disparaba un arma de fuego, los Guardianes tendrían que responder igual. Aún así, las armas de fuego jugaban poco en ese mundo. Era natural para Rhys y Aeric pelear con sus espadas, y el trabajo usual de los Guardianes de enfrentar demonios y vampiros peligrosos y sedientos de sangre eran actividades que requerían espadas.

—No olvides tu uniforme —le dijo Rhys a Aeric mientras salían de la jaula. Duverjay tenía tres paquetes con el equipo esperando sobre una mesa, cada paquete etiquetado con los nombres de los Guardianes.

Rhys tomó las botas de combate negras, pantalones oscuros de camuflaje, franela gris, un cinturón especialmente hecho para las armas y un chaleco antibalas negro. Cada objeto tenía el blasón de los Guardianes Alfa, la cabeza de un oso rugiendo sobre dos espadas cruzadas, con las letras G y A en cada lado. Salió al pequeño cuarto de casilleros al lado de la jaula, y se vistió.

Después de ponerse el portaarmas en su cinturón, aseguró las correas en cada pierna, a la altura del muslo. El cinturón tenía una funda a su izquierda para su espada y dos portapistolas a la derecha, una en la cadera y la otra quince centímetros más abajo. La parte trasera de la riñonera tenía unos clips cargados para las armas especiales calibre treinta y ocho que tenía, y guardaba más munición en su chaleco.

Afuera de los casilleros, los Guardianes tomaron un minuto para verificarse a sí mismos y entre sí, asegurándose de que todo estuviera en su lugar y nadie olvidara nada vital. Otra de las reglas de Mere Marie, algo que sintió que motivaría el *trabajo en equipo*.

De los miles y miles de términos que aprendió Rhys en el último año, *trabajo en equipo* era el que menos le gustaba. Su uso sugería una tarea poco placentera o el autosacrificio por el bien mayor, y Rhys había hecho mucho de ambos durante su vida. Aún así, había empezado a gustarle trabajar con Gabriel y Aeric, el confiar en ellos durante la batalla. Gabriel tenía un vasto conocimiento sobre la magia, y Aeric... Rhys todavía no había descifrado a Aeric aún, pero el sujeto sabía un poco sobre casi todo.

—Andando —dijo Aeric.

Dejaron el gimnasio desde el lugar opuesto por el que entraron, cruzando un corto pasillo que llevaba a la salida. La mansión estaba situada en El Malecón, justo al norte del Barrio Francés, en un vecindario histórico llamado La Treme. La mansión y sus terrenos ocupaban casi una manzana, y los Guardianes todavía tenían que usar un garaje de tres pisos en la parte trasera de la propiedad para guardar sus numerosos vehículos.

Ya que viajaban juntos y querían moverse rápido, Aeric tomó las llaves de una pequeña camioneta blindada de la jaula de armas y se las lanzó a Rhys, quien era el conductor designado del grupo. En menos de un minuto, estaban saliendo del garaje y directo al vecindario Marigny.

El viaje fue corto, apenas un par de kilómetros. Había poco tráfico en el área debido a que era un miércoles después de las diez, por lo que aparcaron en un lugar del Barrio Español unos minutos después. La calle era residencial, alineada con varias casas coloridas tan viejas como la ciudad misma. Todo el vecindario tenía casas rústicas. Rhys saltó y miró a su alrededor, tratando de localizar el área donde el espejo adivino había mostrado al objetivo.

"Echo", pensó distraídamente, "un bonito nombre". Rhys se regañó e intentó volver a concentrarse, pero Gabriel ya lo había resuelto.

—Es ahí —apuntó Gabriel—. Unas calles más abajo. La anaranjada de allá.

El otro guardián tenía razón. La distintiva casa color melón se encontraba entre una azul y otra verde lima. Tres edificios alegres y bien cuidados eran idénticos, excepto por el color. Rhys salió al trote, cerrando el coche con el control mientras bajaban la calle.

Rhys se detuvo en la acera frente a la casa naranja, número trescientos siete. Siguió caminando unas casas más, hasta un punto donde crecían unos árboles de mandarinas; su grueso follaje le daría algo de cobertura a los hombres.

—Aeric, vigila el oeste —dijo Rhys, apuntando hacia donde provenían—. Gabriel, el este. Vigilaré movimientos en la puerta frontal.

No tuvieron que esperar mucho. Unos minutos después de que iniciaran la guardia, la puerta de la casa número trescientos siete se abrió con un fuerte golpe. Hubo un sonido de grito y una voluptuosa rubia en un traje de la marina conservadora salió de la casa. Lucía en apuros.

Rhys pudo sentir la tensión de Gabriel y Aeric a su lado, el sentimiento naciente de aquellos tiempos de guerra, luchando codo a codo con sus compañeros. Un segundo antes, Rhys estaba listo para saltar a la acción, y al siguiente una rubia lo miraba directamente a los ojos. Un segundo antes, era un guerrero listo para la batalla, y al siguiente, se encontraba pasmado. Sus ojos lo cautivaron, como dos pozos de la más pura e increíble amatista, un púrpura real con destellos de oro derretido.

"Debe ser mía", pensó.

Rhys sintió que su oso se movía dentro, saliendo a la superficie, pero sin forzarlo a cambiar forma. Sus labios se abrieron por voluntad propia, y un grito ahogado cruzó su garganta. Entonces empezó a moverse, sin pensar en otra cosa que en la necesidad de tocarla, de protegerla.

—Es mía —gruñó.

Una forma oscura apareció en la línea de visión de Rhys, algo que no pudo comprender en el momento. La sombra oscura chocó con la pareja de Rhys, quién soltó un grito de sorpresa.

Pop.

Rhys frenó de golpe, mirando el espacio vacío. Aunque la mujer había estado en la acera hacía un momento, a menos de quince metros de distancia, ahora se había... ido.

—La lanzó a una vía de escape —dijo Gabriel, apareciendo al lado de Rhys—. Un pliegue de espacio entre nuestro mundo y el más allá. No podemos seguirla, sería imposible saber exactamente dónde está.

Rhys parpadeó un par de veces, mirando sus manos, aparentemente vacías. Nunca antes había sentido una pérdida así, incapaz de entender, incapaz de explicar...

—Rhys —dijo Aeric, colocando una mano en su hombro —. Mantén los ojos abiertos.

Rhys se volteó a verlo, mostrando sus colmillos. Su oso respondía a la pérdida de su pareja, desgarrando los últimos vestigios del sentido común. Algo en los ojos color azul hielo de Aeric se movió, en respuesta al desafío de Rhys.

Rhys movió su cabeza hacia atrás, su boca siguió el cielo y su cuerpo empezó a desgarrarse. Sus huesos cambiaron mientras el hombre se convertía en oso. Furioso y devastado, Rhys soltó un alarido frenético y desesperado.

Con las cuatro patas en el suelo, se giró y corrió por la calle, olvidándose de todo excepto de lo que había perdido.

CAPÍTULO CINCO

hys

El terrateniente Rhys Ian Bramford Macaulay había tomado decisiones difíciles en su vida, escogiendo el bienestar de otros por encima del suyo en la mayoría de esas ocasiones. Era un líder nato, y la sangre en sus venas era el resultado de muchas generaciones de líderes escoceses. Y como tal, él estaba acostumbrado a colocar el interés de los demás primero y meterse en cualquier asunto importante. Un mártir autoindulgente, como si tal cosa pudiera existir.

Luego de que su futura pareja reapareció, regresando al plano humano con un *pop*, Rhys ya había contenido su oso interior. Aeric y Gabriel habían logrado controlarlo antes de que pudiera causar un alboroto en las calles, antes de que comenzaran los reportes de osos frenéticos cruzando el Octavo Distrito. Los Guardianes se habían establecido por su cuenta como una adición benéfica a la comunidad Kith; lo último que necesitaban era que Rhys lo arruinara apareciendo en las noticias de las seis por herir a un oficial de control de animales.

Por suerte, sus compañeros guardianes lo habían calmado de alguna forma y lo trajeron de vuelta a donde la chica había desaparecido, insistiendo en la necesidad de esperar, ya que ella volvería. Sus palabras no fueron del todo sinceras, pero tenían la intención de hacer que Rhys se calmara y se enfocara.

Y entonces, cuando la atractiva y voluptuosa rubia se lanzó sobre él, fue difícil para él contenerse. Su oso interno estaba rugiendo y avivándose, insistiendo en que Rhys debía obedecer las urgencias intensas y constantes de apareamiento que brotaban en su pecho. Desafortunadamente, en lugar de querer ser desnudada, follada y marcada, la futura pareja de Rhys estaba secando sus lágrimas en él, apretando sus hombros mientras que su cuerpo temblaba por la fuerza de sus sollozos. Todo lo que pudo hacer fue consolarla, y esperar que su nueva obsesión de enterrar sus dientes en la suave piel de su hombro menguara. Solo la tomó en sus brazos para devolver el abrazo, maravillado por la diferencia de estatura entre ellos. Ella no era del todo delgada, con una figura noventa-sesenta-noventa placenteramente sustancial, pero se sentía increíblemente frágil en los brazos de Rhys.

—Ya está todo bien, señorita —dijo Rhys, fingiendo que inhalar profundamente su aroma no lo entusiasmaba. Rhys inmediatamente identificó ese aroma con el de las flores silvestres y el sol de la mañana, y eso específicamente lo confundía.

Rhys le dio a Gabriel una mirada buscando ayuda, inseguro de qué hacer ahora.

—Dame las llaves, por favor —pidió Gabriel.

Rhys tomó las llaves de la camioneta de su bolsillo y se las lanzó a Gabriel con una mano. Luego se dirigió a la chica.

—¿Echo? —preguntó gentilmente, sintiéndose absurdo

por su tentativa—. Ese es tu nombre, ¿verdad? ¿Echo Caballero?

Echo sollozó y retrocedió unos centímetros, con la vergüenza pintando sus mejillas de un delicado color rosa. Rhys entendió su inconformidad. La atracción de la pareja en potencia era fuerte, uniéndolos como un relámpago al suelo; esa sensación tenía el efecto de hacer que cada uno olvidara que la otra persona era un completo extraño.

—S...sí —dijo, limpiando su cara con el dorso de su mano.

Rhys nunca había deseado tanto tener un pañuelo. La idea lo hizo regañarse, porque consolar a las mujeres ciertamente no era su rutina diaria. El hecho de que quisiera hacerlo ahora... bueno, él lo atribuía a la magia del apareamiento.

—Me llamo Rhys Macaulay —dijo contento—. R-H-Y-S, pero lo puedes pronunciar como la Copa de Reece. Mis... amigos aquí son... Gabriel y Aeric.

Una vez más, Rhys estaba atrapado por la pérdida del control de sus emociones. No podía explicarse ante nadie, mucho menos deletrear y pronunciar su nombre, pero miró esos ojos violetas y simplemente se... deshizo. Eso era injusto e inevitable. Simplemente, no podía hacer nada, lo cual lo frustraba.

—Rhys —dijo Echo, probando su pronunciación—. ¡Qué bonito nombre! —Gabriel tomó la camioneta y la trajo cerca de ellos, y Rhys le dio a Echo un suave abrazo.

—Echo, sé que *nooo* me conoces, pero pensar que tú sabe... que sabes que puedes confiar en mí... ¿no es verdad? —preguntó.

Él la miró analizar sus palabras, quizás confundida por su extraña forma de habla. Su acento escocés parecía agravarse cada vez que él la miraba a los ojos. Después de un momento, ella asintió.

—Sí, aunque no entiendo por qué —dijo ella, mordiendo su labio inferior.

—Te lo explicaré luego. Por ahora, quiero que vengas conmigo. Vivo cerca de aquí, junto con estos caballeros —dijo Rhys señalando a Aeric y Gabriel—. Creo que estás involucrada en algo más allá de tu control, y quisiera llevarte a un lugar seguro. Nuestro hogar está muy bien custodiado.

Echo dudó por un momento y se alejó completamente de él, dándose espacio para pensar.

—No tienes que quedarte —dijo Rhys, reconociendo sus palabras como mentiras desde el momento en que salieron de su lengua. Sintió un ardor extraño en sus entrañas, el saber que su mentira le quemaba los labios—. Pero no puedes andar por ahí libremente, señorita. Ese hombre regresará por ti, te lo aseguro.

Su mirada volvió a encontrar los ojos de Rhys, haciendo que su corazón se acelerara como un loco enamorado. Rhys casi gruñía fuertemente, pero tenía miedo de espantar a Echo. Ella le dio otra mirada cuidadosa, y pudo sentir que se sentía tan fuera de control como él.

—Muy bien —dijo ella—. Solo hasta que tenga un plan, ¿entendido?

Rhys asintió agitado, porque de repente fue incapaz de mentirle. Su cerebro lo pensó, sus labios intentaron decir las palabras, pero su lengua se volvió plomo y las palabras, *por supuesto,* no pudieron salir de su boca.

—Maldita sea —dijo totalmente pasmado.

Echo lo miró, sorprendida.

—No es nada —le aseguró con un suspiro—. Solo me estoy… ajustando.

La expresión de Echo cambió a una de total comprensión. Le permitió a Rhys llevarla a la camioneta y montarse en el asiento trasero. Él rodeó el vehículo y se sentó a su lado, haciendo una mueca con su boca cuando sus dedos se inquietaban por la necesidad de tocarla, de tener cualquier clase de contacto. La mirada de Rhys pasó al frente, donde Gabriel y Aeric parecían tener todo bajo control para mirar a cualquier lugar, excepto a Rhys y a Echo.

El rito de apareamiento era muy temido entre los cambiaformas, y Rhys era el ejemplo viviente de las razones de por qué. Mientras Gabriel conducía hasta el garaje trasero de la mansión, Rhys permanecía en silencio para reflexionar en el hecho de que sus instintos habían tomado control de su sentido común todo este tiempo. Por el posible futuro predicho, al menos hasta que fuera capaz de sellar el lazo de apareamiento marcando a Echo, parecía que Rhys sería controlado por su deseo y preocupación por su pareja.

Frustrado por estos extraños giros del destino, Rhys apretó sus puños y se forzó a mirar por la ventana, tratando de controlar el salvajismo que gobernaba su corazón. Para cuando salieron del vehículo, Rhys tenía un mejor control de su cuerpo. Aún así, casi le gruñó a Aeric cuando intentó abrir la puerta de Echo, pero logró reprimir el sonido, aunque no la mirada fulminante.

—Uh… —Echo murmuraba mientras caminaban por el pasillo hacia el gimnasio. Miraba alrededor muy inquieta, y Rhys soltó una pequeña carcajada cuando se dio cuenta de que Echo pensaba que ellos vivían en el gimnasio.

—La casa es por aquí —dijo, colocando una mano en su espalda y guiándola a través del edificio de entrenamiento. No podía ignorar que ella temblaba por el contacto, aunque no estaba seguro de por qué. Era muy probable que fueran nervios, aunque si su propio nivel de exitacion fuera una especie de indicación...

—Guau —dijo Echo mientras entraban en el patio trasero de la mansión. Su barbilla se levantó mientras contemplaba el edificio color gris pálido, y sus ojos cruzaban todos los pisos—. ¿Aquí es donde ustedes *viven*?

—Puedes estar segura —dijo Rhys—. Gabriel la compró para los Guardianes.

—Espera —dijo Echo, deteniéndose y tomando su mano para llamar su atención. Incluso ese pequeño contacto descontroló a Rhys, que de repente se veía más molesto consigo mismo—. ¿Tú eres uno de los Guardianes?

Ella lo miró de arriba abajo, con sus ojos fijos en su espada y armas, y parecía unir las pistas antes de que Rhys respondiera.

—Así es. Desde el año pasado, de hecho.

—Había escuchado de ustedes, obviamente, pero pensé que serían como... una leyenda urbana —admitió Echo, peinando su melena rubia para alejarla de su rostro.

—Somos muy reales —dijo Rhys. Sus labios se curvaron dibujando una sonrisa. Solo otra extraña sensación en una cadena larga de sucesos. Rhys no solía sonreír, se mantenía constantemente enfocado en su deber como guardián tras haber perdido repentinamente a todo su clan.

Echo lo miró sin mucha sorpresa, esbozando una pequeña sonrisa con sus sensuales labios. Antes de darse cuenta, Rhys sintió cómo su lengua se movía, y se relamía los labios, inconscientemente preparándose para besarla. La necesidad de probarla era palpable, esa creciente tensión en sus músculos, un escalofrío cruzando su cuerpo.

Echo se echó para atrás, rompiendo el hechizo.

—Eh, genial —dijo, apresurando un poco las palabras—. Apuesto a que se ve mejor por dentro.

Rhys captó la idea y la dirigió hacia la puerta trasera, asintiendo pacientemente mientras ella contemplaba la sala de estar y la cocina. Provenir de la Escocia del siglo XVIII significaba que cada casa por la que entraba se veía relativamente bien. Los dispositivos de alta tecnología de la mansión y la decoración elegante no lo impresionaba tanto como cualquier otro lugar, pero vagamente entendía que todo era un tanto extravagante.

—Guau. Podría acomodar mi apartamento en esta habitación como... tres veces. —calculó Echo.

Rhys arqueó sus cejas, retorciendo sus labios.

—Deberías ver el resto —le dijo.

Mere Marie apareció, pero para el alivio de Rhys, Aeric se encargó de alejar su atención, llevándola a un lado para recapitular los eventos del día. Si Rhys tuviera suerte, Aeric omitiría la parte donde él cambió de forma furiosamente y cruzó calles en plena luz del día. Por suerte para él, la magia de cambiar forma mantenía la ropa intacta cuando regresaba a su forma humana. Si hubiera aparecido desnudo, los otros dos guardianes nunca hubieran permitido que siquiera cambiara. Cuando Gabriel le dio a Rhys una mirada impaciente, Rhys apresuró el paso y guió a Echo hacia el vestíbulo.

—¿Qué tal si tomamos esa visita guiada ahora? —sugirió, incluso mientras la sacaba de la habitación y hacia las escaleras.

Echo lo dejó llevarla por las escaleras sin hacer preguntas, por lo que Rhys estaba agradecido.

—Entonces el primer piso es de Aeric. El segundo es mío y el tercero es de Gabriel. El cuarto piso le pertenece a Mere Marie y Duverjay, a quienes, estoy seguro, conocerás muy pronto.

—¿Y quiénes son ellos? —preguntó Echo mientras subían al segundo piso.

—Mere Marie es la jefa, por así decirlo. Duverjay es, algo así, como nuestro mayordomo.

Echo asintió, pero no hizo ningún comentario, aparentemente reservando su juicio. Cuando terminaron de subir las escaleras, Rhys se dio cuenta de que debían establecer algunas reglas para la estancia de Echo.

—El cuarto piso está completamente fuera de los límites

—le dijo. Después de una pausa, prosiguió—. De hecho, el único piso al que tienes acceso es el segundo. Aeric y Gabriel no aceptarían tu presencia en sus habitaciones.

Si era cierto o no, eso era debatible, pero Rhys no podía soportar la idea de que Echo entrara en la habitación de otro hombre, y menos de un hombre tan duro y desinteresado como Aeric.

—Muy bien —dijo Echo con el ceño fruncido—. Así que… solo tengo permitido entrar a tu habitación entonces, ¿no?

—Habitaciones. En plural. Y todo el primer piso, por supuesto —Rhys levantó una ceja—. Eso es más o menos… Doscientos ochenta metros cuadrados, ¿tal vez? Mucho espacio para moverse.

Echo le lanzó una mirada, pero no respondió mientras lo seguía a la primera puerta del segundo piso. Rhys abrió la puerta y la invitó a pasar dentro de su sala de estar personal. El lado izquierdo de la habitación estaba ocupado por una chimenea antigua con muchos libreros alineados en las paredes. Había un par de sillones de cuero frente a la chimenea, y al lado, una mesa de madera que sostenía unos libros de lomo de cuero, varias botellas de whisky y un único vaso de vidrio.

La biblioteca estaba ocupada por una enorme mesa de roble pesado con dos sillas derechas. Una pila de papeles, lápices y libros yacían en la mesa, evidencia de que Rhys la usaba con frecuencia. La mesa se encontraba bajo un enorme ventanal, haciendo del lugar un hermoso puesto para trabajar.

El lado derecho de la habitación estaba dividido entre un área de ejercicios y otra de trabajo más técnico, un escritorio con una fila de pantallas de computadoras y un gran número de dispositivos de alta tecnología. El lado derecho estaba dividido en la mitad por una puerta, y Rhys la abrió para Echo.

Él la llevó hacia su dormitorio, una habitación simple y rústica compuesta por una cama con dosel, un armario enorme y un par de mesas de noche. Esta habitación tenía también un ventanal espectacular y se completaba con un diván para para poder sentarse y mirar el paso de los transeúntes por El Malecón. El diván era el único punto suave en la habitación casi estéril.

—Ven aquí —dijo Rhys, tomando a Echo por el codo.

Él la llevó hacia la puerta continua y hacia un baño con una tina de spa y una ducha fantásticamente grande. Era lo que más le agradaba de las habitaciones privadas, en especial, por esas confortables y prolongadas duchas de agua calientes que tanto amaba. Dirigiéndose hacia la última puerta adjunta, al otro lado del baño, Rhys le mostró a Echo el cuarto de invitados. El dormitorio consistía en una cómoda cama tamaño Queen, un pequeño guardarropa y una mesa de noche. También tenía un estante lleno de libros, ninguno seleccionado por Rhys, sino puestos ahí por decoración. Al lado del librero, había una silla acolchada y una lámpara de lectura, dos piezas más que ya estaban ahí cuando Rhys se mudó.

Echo miró a su alrededor con algo de interés, asintiendo. Miró a Rhys y le hizo un gesto de satisfacción.

—Es bonito —le dijo, sin mostrar nada en su expresión.

—Bueno, de hecho… estaba así —admitió Rhys avergonzado—. Si lo habrás imaginado, no soy un experto en diseño de interiores.

Sus palabras hicieron sonreír a Echo, y el golpe magnético en el pecho de Rhys lo acercó a ella una vez más. Los ojos de Rhys se enfocaron en toda su figura, desde su melena dorada hasta sus senos y caderas, y de vuelta arriba en sus carnosos labios.

Ahora, Rhys encontraba imposible el resistirse a ella. No estaba seguro de si era el lazo de apareamiento o pura y simple química, pero cuando Echo lo miró, sus ojos se encontraron y Rhys no pudo mirar a otro lado. Amatistas cruzadas con esmeraldas. Sus dedos ansiaban tocarla. Su boca, de repente, se cayó ante la idea de cómo sería su sabor; su cuerpo se tensó ansioso por la posibilidad de rozarse piel con piel.

Rhys notó un ardiente rubor cruzando las mejillas de Echo y, por un momento salvaje, pensó que ella sentía lo mismo que él. La innegable y repentina atracción. La curiosidad de Rhys aumentaba a cada instante, y los labios de Echo se abrieron mientras ella se tentaba a dar un paso hacia él. Ella difícilmente se movió, pero fue más que suficiente para sellar el destino de ambos. En el momento en que Rhys se acercó, Echo retrocedió unos pasos hacia la puerta. En un latido, Rhys la acorraló contra esta, mientras sus fosas nasales resoplaban, olfateando agitadamente su seductora esencia. Él podía oler todavía hasta el aroma de sol matutino y flores en su piel, pero ahora había rastros de ansiedad y entusiasmo. Excitación también, pero su aroma se veía opacado con las otras emociones que cruzaban la mente de Echo en ese momento.

Rhys no tenía sentimientos ambiguos dentro de sí. La atrapó entre la puerta y sus brazos, tomándose un momento para apreciar su delicada figura mientras ella levantaba su rostro para mirarlo. La contempló por unos segundos, intentando leer las innumerables expresiones que cruzaban por sus ojos color lila, pero ella era un acertijo muy complejo de resolver. La lengua de Echo bajó para humedecer el labio inferior, haciendo evidente su temor y deseo, y Rhys no pudo esperar más.

Él se tomó un momento, queriendo saborear por primera vez a su pareja. Peinó su cabello hacia atrás para alejarlo de su rostro, dejándolo detrás de su oreja. Luego dibujó con su dedo pulgar una línea hasta la mejilla, notando que ella se estremecía revelando un sentimiento de profunda satisfacción. Deslizó su dedo hasta su barbilla y levantó su rostro a la altura que quería, inclinándose hacia abajo lentamente, dejando que su aliento pasara por los labios de Echo un segundo antes de presionar sus labios contra los de ella.

En el momento en que sus labios se tocaron, algo brotó dentro de él, muy dentro de su pecho. Era como si una sensación de presión se hubiera calmado, mientras que, al mismo tiempo, algo suelto dentro de él se tranquilizó. Echo hizo un dulce sonido y se acercó más; sus manos recorrieron sus hombros y se enlazaron en su cuello. Sus labios se apretaron más a los de él y se abrieron, dándole una clara invitación a un beso más profundo. Cada gota de la sangre de Rhys gritaba en sus oídos mientras enrollaba una mano en la cadera de Echo y la otra en su sedoso cabello. Su oso estaba rugiendo; un sonido feroz y lleno de satisfacción, excitándolo. El tiempo se había detenido por un momento, pero ahora se aceleró.

Rhys pasó su lengua sobre Echo, probándola completa. Ella respondió, con sus dedos hurgando en su cuello, sus pechos calentando su piel por donde entraban en contacto. Rhys gruñó en su boca cuando sus caderas se rozaron con las suyas, y sintió cómo se sobresaltaba cuando ella lo encontró duro y ansioso. A decir verdad, él la había tenido dura desde que puso sus ojos en ella, pero el simple toque de Echo lo puso en llamas. Rompiendo el beso, Rhys movió su cabeza a un lado y mordisqueó su oído, casi perdiendo la cordura cuando Echo gimió por él.

Incapaz de detenerse, puso su boca en la unión de su cuello y hombro, y la marcó con sus labios y dientes. No en un reclamo de apareamiento, no sin su consentimiento y conciencia, sino una pista de lo que venía. Su mano libre se acopló en su pecho, encontrando y jugando con su pezón duro a través de su vestido y brasier. Exploró tal plenitud, complacido por su forma y peso, y siguió lanzando besos en su cuello expuesto. Fue entonces cuando Rhys se detuvo, dándose cuenta de que sería bruto de su parte follarla y reclamarla sin ningún entendimiento. Y si la tomaba aquí y ahora, de rodillas sobre la cama como él imaginaba, con Echo gritando su nombre mientras la follaba tanto que nunca más miraría a otro hombre...

Bueno, si lo hacía, sería incapaz de contenerse de reclamarla. Algo le decía que Echo, una mujer moderna hecha y derecha, podía permitirle a Rhys dominarla de esa manera. Ella lo aceptaría, y pronto, pero... quizás ella necesitara algo de tiempo para ajustarse a él.

—¿Rhys? —preguntó Echo, con su pecho agitándose mientras intentaba controlar su respiración.

—No quiero... —Rhys hizo una pausa, inseguro de cómo decirlo—. No quiero tomar ventaja de ti. Apenas nos conocemos.

Echo lo miró con una confusión que casi lo mataba. Rhys dio un paso atrás y tomó su mano, llevándola a la cama.

—Siéntate conmigo —dijo animándola.

Un rubor de pena cubrió su cara y cuello, y cuando se apartó, Rhys no estaba tan sorprendido.

—Yo... tengo que irme —dijo Echo, mientras daba la vuelta.

—No puedes —dijo Rhys, con su placer desvaneciéndose—. No estás a salvo. Por eso te traje aquí, ¿recuerdas?

—No puedes mantenerme aquí —dijo ella, lanzándole una cara seria.

Las palabras de desacuerdo estaban en la punta de la lengua de Rhys, pero las contuvo. Quizás era capaz de mantenerla aquí, pero no podía.

—Solo quiero que estés a salvo —dijo en su lugar—. Hay

muchas cosas que no entiendes aún. El hombre que te secuestró, Pere Mal... es peligroso, Echo. —Sus palabras quizás fueron las incorrectas, porque Echo frunció el ceño.

—La seguridad es relativa —dijo rotundamente—. No hay razón para que este Pere Mal me quiera. Ni siquiera vivo en el mundo Kith. Yo solo... no puedo quedarme aquí. Y honestamente, ni siquiera entiendo por qué te preocupas. No nos conocemos.

Y aunque Rhys quería protestar, no pudo. Ella tenía razón sobre lo último, y él no estaba del todo listo para comentar el asunto de una *pareja*. Ella ya había pasado por mucho hoy.

—Echo... —empezó, tratando de adivinar qué decir, pero ella ya había salido por la puerta.

Rhys esperó un minuto entero, tratando de calmarse antes de perseguirla, sin querer realmente asustarla. Para cuando volvió en sí, ella estaba en las escaleras. Antes de que él llegara a la planta baja, la puerta principal había sido cerrada con un fuerte golpe.

Cuando él salió, Echo se había ido.

CAPÍTULO SEIS

cho

Echo corrió hasta el final del bloque frente a la mansión y se volteó, mordiendo su labio. La mansión estaba tan bien protegida que era casi imperceptible desde la calle, mezclándose con los otros edificios de una forma que desviaba la atención de los transeúntes. Era un hechizo ingenioso, tan bien hecho que Echo no podía verla aun cuando acababa de salir de ella.

Miró el lugar donde debería estar la mansión con algo de culpa, esperando lo inevitable. Rhys salió un minuto después, buscando en todas partes, visiblemente confundido. Echo se había lanzado un hechizo de ocultamiento, uno de los pocos que conocía, y aunque Rhys podía sentir su presencia cerca, no podría encontrarla. Ella lo observó con cuidado mientras él buscaba en la calle, cruzando entre unas mujeres que se detenían en mitad del camino para contemplarlo. Echo no las podía culpar.

Rhys era una montaña de un metro noventa de puro músculo, con cabello castaño corto y barba rojiza perfectamente recortada. Todavía llevaba su equipo táctico negro, aunque ya se había quitado el pesado chaleco antibalas. La ropa le quedaba ajustada en los lugares adecuados, mostrando su espalda torneada y sus firmes caderas. Echo no le había visto el trasero aún, pero estaba segura de que era tan glorioso como el resto de él.

La mejor parte era que él no intentaba siquiera pestañar al grupo de chicas más jóvenes y delgadas que lo estaban mirando, sin hacer ningún esfuerzo en esconder sus intereses. Rhys era tan simple...

...Y ahora estaba a solo unos metros de ella, gracias a que Echo perdió mucho tiempo babeándose por él. Echo volvió en sí y apresuró el paso, con la culpa golpeándola de nuevo. Probablemente en cuanto se alejase lo suficiente, Rhys daría la vuelta y se iría solo. Habían tenido una especie de conexión, al parecer. La química que Echo había sentido entre ellos fue algo de otro mundo, nada que hubiera sentido antes. De un modo gracioso, le recordó un poco a la forma en que su madre había descrito cómo conoció a su padre años atrás. Amor a primera vista. "Lo miré, él me miro, y solo quisimos tenernos el uno al otro", explicó la madre de Echo con una sonrisa y rubor en su rostro. En ese momento, la pequeña Echo de cuatro años solo pretendía reírse, aunque sentía mucha curiosidad sobre su misterioso padre.

Alejando la memoria de su madre, Echo se dio cuenta de que necesitaba elegir a dónde iría en lugar de vagar por ahí, convirtiéndose en un blanco fácil para el hombre que la secuestró antes.

Pere Mal, pensó, grabando el nombre en su mente. Le sonaba familiar, aunque no estaba segura de por qué. Un misterio aún más grande era el por qué la quería secuestrar. Ella no estaba relacionada con muchos Kith, mucho menos pasaba el tiempo en su mundo, y había reducido las visitas al mercado a una vez a la semana para comprar hierbas. Incluso se alejó de su camino para ocultar sus malditos poderes psíquicos, bloqueándolos para poder andar con bajo perfil y poder vivir una vida normal.

Suspirando, se dio cuenta de que había entrado en automático, caminando instintivamente a su casa en Mid City. Si este sujeto, Pere Mal, la estaba buscando, su casa y su trabajo serían los primeros lugares donde buscaría. Ella dio media vuelta, evitando también dirigirse a la mansión, por lo que regresó al mercado. Ella había encadenado su bicicleta montañera azul celeste cerca de la entrada que había usado antes, y a donde sea que fuera, no quería ir a pie.

Después de montarse en su bicicleta, se dirigió en dirección opuesta al Barrio Francés, pedaleando hacia la casa de su tía Ella en el vecindario de St. Roch. Ti-Elle, o Madame Ella Orren, quien era conocida y querida por todos, podría tener algunas respuestas para las preguntas de Echo. También tenía muchas posibilidades de encontrarse con una bandeja de las mejores galletas pralinés y tartas de nueces de la ciudad en la cocina de Ti-Elle. Echo miró su reloj y sonrió; eran las cuatro y treinta, hora del postre en casa de su tía.

Ti-Elle no era pariente sanguínea de Echo, pero ella y la madre de Echo habían crecido juntas. Como una rubia salvaje y una tonta morena cuyas familias compartían una casa doble en el Noveno Distrito, Ti-Elle Orren y Cadence Caballero eran inseparables. Ti-Elle había tomado a Echo en su casa después de que sus padres habían fallecido, uno seis meses después del otro, y era la tutora y madre sustituta de Echo desde que tenía seis años. Veinte años después, ella seguía teniendo el primer puesto en la corta lista de familiares y amigos de Echo.

Echo se bajó de su bicicleta en frente de la cabaña caprichosamente decorada de color neón de Ti-Elle. Llevando su bicicleta hacia el pórtico frontal, la encadenó al barandal. Ti-Elle podría ser una leyenda en el vecindario, pero una bici sin atender podría desaparecer rápido, sin necesidad de hechizos de ocultamiento. Echo levantó su mano para tocar la puerta de Ti-Elle, arqueando los labios por el letrero pintado a mano que decía "Nueva Orleans — Orgullosos de nadar a casa". Una pequeña broma para los locales luego del huracán Katrina, aunque habían pasado diez años desde que la tormenta arrasó con la anterior casa de Ti-Elle. Nada podía derribar a esta mujer, y nada podía alejarla de su querido vecindario tampoco.

Antes de que los puños de Echo tocaran la puerta de aluminio, esta se abrió de golpe. Ti-Elle la miró, con una alegre sonrisa al ver a su querida sobrina.

—¡Chiiiiiiiiiiiicaaaaa! —cacareó Ti-Elle—. Ya era hora de que te aparecieras por mi casa. Seguro oliste las galletas, ¿no?

Echo se echó a reír y abrazó a Ti-Elle, encontrando contagiosa la alegría de su tía.

—Ya lo sabes —dijo Echo, tomando el dialecto familiar de Ti-Elle—. Llevo mucho tiempo sin comer uno de tus delicioso pralinés.

T-Elle la invitó a pasar a la casa, y Echo ensanchó su sonrisa cuando vio que estaba vestida con una tela de arcoiris con una zebra pintada. No solía llevar ropa puesta, sino que se envolvía en telas, y de vez en cuando se enrollaba sus trenzas en una chocante pañoleta, dándole una apariencia algo variada y excéntrica.

Ti-Elle se dirigió al refrigerador, y Echo se sorprendió de que tuviera uno nuevo y enorme de dos puertas. Tal aparato lucía monstruoso en la anticuada cocina, y más grande aún al lado de la pequeña mujer, quien erguida apenas llegaba al metro treinta.

—Ti —dijo Echo, rascándose la nariz—. ¿Qué es eso?

Ti-Elle sacó un cartón de leche, la favorita de Echo cuando era niña, y la puso en la mesa guiñando el ojo.

—No te preocupes. A Ti-Elle le va muy bien con su trabajo, pequeña dama —le dijo Ti-Elle a Echo.

Echo miró el refrigerador y se preguntó cuántas tartas de nueces habían pagado eso. No era que fuera de su incumbencia, pero toda la famila era insaciablemente entrometida.

—Puedo buscar mi propio vaso —dijo Echo a Ti-Elle, quien resopló y empujó a Echo a una silla.

Echo intentó no reír cuando vio que su tía tenía que usar un banquillo para bajar dos vasos del armario.

—Ahora —dijo Ti-Elle, colocando los vasos en la mesa y sentándose al otro lado de Echo—. Vamos al grano. Algo te pasa, chica. Lo puedo ver aquí y ahora.

Ti-Elle agitó su mano hacia ella sobre dos puntos del aura de Echo, dándole una mirada expectante. Antes de que Echo pudiera hablar, la mujer se quedó boquiabierta y se levantó de golpe.

—Olvidé los malditos pralinés, bebé —chilló Ti-Elle mientras sacaba una bandeja de galletas de nueces frescas del horno—. Perdería mi cabeza si no la tuviera pegada.

Echo se echó a reír y aceptó una galleta, gimoteando de felicidad con la primera mordida. La suavidad y textura de las nueces acarameladas se derritió en su lengua, le tomó un buen momento y un gran trago de leche antes de volver al asunto.

—Muy bien. Tengo unas, eh... preguntas sobre Kiths —dijo Echo, fijando sus ojos en su galleta en lugar de mirar a su tía.

Ti-Elle se quedó callada unos segundos, con una sorpresa tan clara como el día.

—Pues claro, bebé. Todo lo que quieras saber, ya me conoces —dijo Ti-Elle una vez que se había recuperado—. Es solo que nunca antes habías querido hablar de eso. Eso es to'o.

Echo mordió su labio, sabiendo que su tía estaba siendo cortés. Nunca había querido escuchar sobre la magia de ningún tipo, hasta el punto de rehusarse a hablar de ello con sus propios padres. Solo en los últimos años fue cuando Echo comenzó a tolerar el tema de sus padres, aun así, solo se limitaba a escuchar, nunca preguntaba.

—Tía Ella, no quiero que te molestes, pero creo que estoy en problemas —confesó Echo, con los hombros caídos—. ¡Y ni siquiera sé qué hice!

La expresión en Ti-Elle se oscureció instantáneamente, y se acercó a tomar la mano de Echo.

—Cuéntamelo to'o —dijo preocupada—. No te guardes na'a, ¿oíste?

Echo asintió e hizo recuento de su día, ocultando solo la intensidad de su atracción hacia Rhys.

—No sé nada de los Guardianes. Ni siquiera pensé que fueran reales. Y juro que no conozco a ningún Pere Mal —concluyó Echo.

Viendo que Ti-Elle iba palideciendo más con cada repetición del nombre, Echo tomó aire y dejó que su tía hiciera sus propias preguntas.

—¿Sigues tomando esa Capa de Bruja y las otras hierbas como te dije? —preguntó Ti-Elle.

—Por lo general, sí. Aunque obviamente no las pude conseguir hoy.

—Me preguntaba por qué veía tanto color sobre ti —dijo Ti-Elle, mirando el aura de Echo una vez más—. Y esto de aquí, este rosado y rojo… es nuevo. Ese chico Rhys debe ser muy especial, ¿eh?

Echo se puso roja, aunque estaba muy grande para avergonzarse por amoríos. Francamente, Ti-Elle era la mejor casamentera en el planeta y la última persona en desalentar a Echo de

que pasara tiempo con un hombre apuesto. Aún así, Echo realmente no era capaz de hablar sobre su experiencia temprana
con Rhys. Sintió como si no tuviera las palabras adecuadas para
explicarlo. Considerando que Echo tenía un título en Literatura Inglesa de la Universidad de Loyola, no tener las palabras
adecuadas para lo que fuera era casi inimaginable.

—Sí, él es especial —admitió Echo.

—Bueno, al menos, viniste al lugar indicado. Sabes que
guardo este lugar tan bien que ni el diablo podría entrar aquí
sin mi permiso —dijo Ti-Elle, cruzándose de brazos—. Sobre
este sujeto... el Pere... haré unas llamadas y conseguiré información directa desde Le Marché Gris.

Ti-Elle tenía muy buenos contactos en el Mercado Gris,
ya que ella solía rentar un local para vender sus postres y
algunos gris-gris especiales cuando conseguía los ingredientes correctos. Aunque Ti-Elle nunca estudió lo suficiente
para ser una sacerdotisa vudú por su cuenta, era muy poderosa y estaba profundamente conectada a sus creencias y a la
comunidad espiritual.

—Y así, nadie se va a meté' con mi niña —aseguró Ti-Elle
a Echo, palmeando su mano—. Ve a la sala y mira tele un
rato, bebé. Déjame hacer unas llamadas.

—Gracias, Ti —dijo Echo.

Ella tomó un praliné más y su vaso de leche, y dejó a su
tía haciendo su trabajo. En menos de diez minutos, Echo
estaba desplomada sobre el sofá azul de Ti-Elle, con sus ojos
pesados listos para una siesta pospraliné. Quizás se hubiera
quedado dormida unos minutos, pero cuando Echo se
despertó, la televisión seguía sintonizando el mismo
programa. Se estiró y bostezó, preguntándose por qué se
había despertado. Seguía cansada, y no se sentía lo suficientemente relajada como para querer levantarse.

Escuchó un sonido, un suave rasguño. Frunciendo el

ceño, Echo se levantó e intentó quitarse la pereza de encima. Volvió a escuchar ese sonido, como si una rama rozara contra la puerta de aluminio. Pero solo la puerta frontal estaba abierta, la rejilla metálica que alejaba a los bichos. Eso, además del hecho que no había árboles en el patio frontal de Ti-Elle.

El pulso de Echo se elevó mientras se levantaba y se asomaba por la rejilla. Una figura oscura apareció en la entrada, haciéndola saltar, ahogando un grito y colocando su mano sobre su pecho.Un momento despues, la figura se giró a ella, y Echo suspiró de alivio.

—¡Antoine! ¡Casi me matas del susto! —regañó Echo a su sobrino. Alto, apuesto y de piel clara, Antoine era la representación perfecta de todo hombre en la familia de Ti-Elle. El sobrino de Ti-Elle desheredado dos veces, Antoine, no solía estar en su casa mucho, pero Echo estaba contenta de verlo.

Él se mantuvo de pie en el pórtico y la miró por un largo rato, Echo se preguntó si Antoine había vuelto a fumar hierba de nuevo. Su usualmente amplia sonrisa y actitud simple se habían ido, dejando algo que a Echo no le gustaba mucho.

—¿Vas a entrar o no? —preguntó Echo, dándole una mirada escéptica.

—Entrar —repitió de vuelta—. Sí, sí.

Él tiró de la rejilla metálica y se arrastró cojeando, con un movimiento tan poco familiar que Echo dio unos pasos atrás. ¿Le había pasado algo a Antoine desde la última vez que lo había visto? ¿Algún terrible accidente, quizás? Obviamente, estaba fuera de sí.

—Antoine, ¿estás bien? —preguntó, sintiendo cómo se le aceleraba el corazón.

—Sí, sí —dijo. Sus ojos chocolate se veían más brillantes

mientras se acercaba más, y Echo empezó a sentir que algo no andaba bien.

—¿Ti-Elle? —llamó Echo por encima de su hombro—. Ti, ¿podrías venir?

Antoine se congeló, su expresión cambió a una de furia salida de caricatura.

—Sin Ti-Elle —siseó Antoine, con un tono de voz raro y disonante—. Lo lamentarás, bruja.

—¿Qué demonios, Antoine? —dijo Echo, luciendo más asustada con cada segundo.

Antoine se giró y empujó la rejilla de nuevo. Su boca se abrió para dar un grito, pero no hizo ningún sonido. En su lugar, una ráfaga de niebla roja salió de su boca, serpenteando y dispersándose en el aire. Echo se sobresaltó mientras veía cómo la niebla roja activaba los hechizos de protección en la casa, trazando las líneas de cada runa y amuleto. La niebla roja quemó los hechizos, disparando chispas brillantes y humo mientras destruía todas las manualidades de Ti-Elle.

—Oh, mierda —dijo Echo, girando y corriendo a la cocina —. ¡Ti-Elle!

Cuando llegó a la cocina, ya era tarde. Un hombre con traje de aspecto familiar estaba arrastrando el cuerpo inconsciente de Ti-Elle por la puerta trasera. Echo gritó, dándose cuenta de que había traído a sus atacantes hacia su propia familia. Corrió tras Ti-Elle, esperando que no hubiera firmado aún su testamento.

hys

—Ahí. Eso es —dijo Gabriel, apuntando a una pequeña casa azul bajando la manzana.

Rhys ya había localizado la casa, una tarea simple ya que al menos diez sujetos de vestimenta oscura habían incapacitado a varias brujas y hechiceros locales en el patio delantero.

—Entendido —dijo Rhys, tratando de ignorar el miedo que lo inundaba. No estaba acostumbrado a sentir este tipo de miedo, y el sabor en su boca era tan amargo como bilis—. Parece que llegamos tarde a la fiesta.

Gabriel dejó de ver a través del espejo adivino y parpadeó, tratando de enfocar sus ojos en el presente. Rhys lo dejó atrás mientras se recuperaba. Aeric solo estaba un paso detrás de él, apurando el paso hacia la caótica pelea.

—No la veo —murmuró Rhys a Aeric, sabiendo que el agudo oído del otro guardián podía captar sus palabras.

—Aquí viene —dijo Aeric, agitando su cabeza hacia la puerta principal de la casa.

Echo salió volando de la casa, solo para ser atrapada por un apuesto y extraño rubio. El hombre la tomó del brazo y la trajo a su lado. El grito de pánico de Echo hizo que Rhys sintiera como si le patearan el estómago.

En cuanto se acercó más, el pulso de Rhys se aceleró por una razón diferente. El hombre que sujetaba a Echo era inhumanamente atractivo, y tenía un ligero tono rosado en su piel.

—Mierda, es un íncubo —dijo Rhys.

Se enfrentaron con los secuaces de traje en el patio delantero, pero Rhys apenas podía concentrarse mientras mantenía la vista fija en Echo. Los Guardianes siempre intentaban evitar tantas bajas como fuera posible, pero si Echo recibía cualquier daño, Rhys no dudaría en deshacerse de unos cuantos idiotas por ella.

Rhys derribó un asaltante y se enfrentó a otro, retorciéndose en cuanto vio que el íncubo le dio a Echo un largo y profundo beso. La sangre de Rhys empezó a hervir e incapacitó a dos sujetos en su lucha por llegar al pórtico. Mientras más se acercaba a su pareja, más atacantes parecían materializarse en el aire, saltando vías de escape para mantenerlos alejados. A lo lejos, Rhys vio a Gabriel unirse al combate.

En el pórtico, el cuerpo de Echo languideció mientras era dominada por el hechizo seductor del íncubo. El íncubo empezó a brillar, su piel se hacía más y más rosada mientras bebía de la energía de Echo. El beso se hizo más intenso, y Rhys sentía que su oso buscaba salir a la superficie.

El cambio comenzó sin que Rhys pudiera evitarlo, principalmente por estar demasiado distraído como para controlarlo. Momentos después, era un oso pardo de dos metros de alto, lanzando zarpazos a su alrededor para batear a los villanos lo suficientemente estúpidos como para no correr en el momento en que lo vieron.

Mientras Rhys lanzaba a su último atacante, vio que las cosas habían cambiado en el pórtico. Echo se encontraba totalmente erguida, y como si, de alguna forma, se hubieran invertido los papeles, el íncubo empezó a perder energía. Rhys nunca había visto algo parecido, en especial cuando Echo escapó del hombre y le dio una manotazo, haciéndolo desvanecerse con un destello cegador de luz y humo.

Cayendo en cuatro patas, Rhys empezó a moverse hacia ella, pero tropezó. El dolor le recorría un costado, y allí fue cuando se percató de que uno de los sujetos de Pere Mal lo había atacado con una daga. El brazo del sujeto se movió, intentando apuñalarlo de nuevo. Rhys soltó un rugido enfurecido y le quitó la daga al atacante, dándole un zarpazo que lo dejó inconsciente. Después de un instante, Rhys parpadeó, sintiéndose mareado. Sus piernas cedieron bajo su cuerpo, y parecía incapaz de poder a usarlas.

—¿Rhys?

Rhys volteó su enorme cabeza para encontrar a Echo de pie a solo unos metros, con sus ojos fijados en su herida. Él soltó un gruñido, aunque no estaba seguro precisamente de qué intentaba decirle.

—Eres tú, ¿verdad? —le preguntó Echo.

Rhys agitó su cabeza. Echo lo sorprendió acercándose hacia ella y colocando una mano sobre su hombro, intentando consolarlo. O bien su lazo era fuerte o Echo se balanceaba entre la valentía y la locura.

—Estás herido —dijo, agachándose para ver su costado.

—Mierda —dijo Gabriel, uniéndose a Echo—. Me agoté con la adivinación. No puedo curarlo aún. Necesitamos llevarlo de vuelta a casa.

Rhys miró el patio, sorprendido de ver que ahora estaba libre de villanos.

—No podemos moverlo —dijo Aeric, acercándose rápidamente—. Tenemos que atarlo primero.

—Chicos... —dijo Echo.

—Tenemos que moverlo ahora, antes de que los esbirros de Pere Mal regresen —continuó Gabriel.

—No, eso podría matarlo —se quejó Aeric.

—Chicos… —dijo Echo.

Aeric y Gabriel siguieron discutiendo, pero Echo se alejó de ellos y puso sus manos sobre la herida de Rhys.

—Perdón por lo que haré —susurró, mirando a Rhys a los ojos—. Esto podría doler.

Rhys movió su cabeza de nuevo. Confió en ella implícitamente, otra primera vez para él. No estaba preocupado por los efectos del lazo de apareamiento, podía obsesionarse por ello después.

Echo mordió su labio y cerró los ojos, concentrándose. Un tenue destello blanco fue emitido de sus manos abiertas, brillando más y más hasta que tocó su pelaje. En el momento en que la luz lo alcanzó, Rhys soltó un alarido de dolor. La luz se sintió como si mil fragmentos de vidrio se clavaran en su piel, presionando y tirando al mismo tiempo, cortando hasta el hueso limpio en el proceso.

A través del dolor, una segunda sensación emergió. Aunque el sentir su carne reuniéndose y entrelazándose era lo principal, también pudo sentir una segunda presencia en él, similar a lo que había sentido la primera vez que se unió con su oso.

Rhys se enfocó en esa sensación en su mente, probándola y examinándola por un largo rato antes de darse cuenta de que se trataba de la misma Echo, curándolo, de alguna forma, unida a él en un nivel sutil e inquietantemente profundo. Incluso con sus ojos cerrados, podía sentir cada uno de sus movimientos. Cuando exploró su presencia en su mente, pudo ver varias imágenes de Echo en diversas formas: Echo como adolescente, abrazando a una pequeña brujita de piel oscura, con su corazón estallando en un amor fraternal; una versión más joven de Echo, no mayor a una chica de primaria, colocando flores en una tumba, mirando el ángel guardián de la tumba con sus ojos color lila vidriosos por las lágrimas; Echo hacía unas horas, con el corazón vibrante cuando vio a Rhys por primera vez, y una extraña fuerza atrayéndola hacia él.

La luz de las manos de Echo se intensificaron, y Rhys estaba muy distraído para contener un chillido de dolor mientras sus energías sanadoras se enfocaban en la peor parte de su herida. La conexión interna más profunda con ella se había cortado, y ahora Rhys se preguntaba si ella lo había notado.

Echo vaciló y le lanzó una mirada de disculpa, y continuó. Rhys gruñó, pero soportó la mayor parte de su dolor en silencio, temeroso de que Gabriel o Aeric pudieran interferir. Ellos no podían saber que, de repente, Echo se había convertido en el centro de su universo, que instantáneamente confiaba más en ella que en nadie en el mundo, a pesar de que apenas la conoció hacía unas horas. A decir verdad, solo era un capricho. Pero era un capricho del que ni podía ni debía ponerse a pensar ahora, no cuando Echo le estaba haciendo algo increíblemente doloroso.

Él se concentró en mantenerse quieto y callado, y al cabo de un rato, Echo había terminado. Rhys intentó moverse un poco, dibujando una mueca por el intenso dolor remanente, pero casi podía decir que estaba curado. Se concentró y se forzó a volver a ser humano, pensando en asegurarse de que su forma humana siguiera intacta, completa con ropa y armamento. Un cambio distraído solía resultar dejándolo totalmente desnudo y avergonzado, y Rhys no estaba de humor para eso ahora. Estaba muy agotado.

Gabriel se acercó a revisar a Echo, ayudándola a mantenerse de pie mientras que Aeric levantaba a Rhys.

—¡Ahí está!

Todas giraron hacia la calle, donde cinco hombres vestidos de negro corrieron tras ellos. Aeric y Gabriel empezaron a empujar a Rhys y a Echo hacia atrás, pero Echo gruñó y dejó a Gabriel a un lado.

—¡No! ¡No más! —dijo Echo, lanzando su melena rubia hacia atrás. Colocó sus manos hacia el frente y su cabeza hacia atrás mientras liberaba una enorme ráfaga de poder. Esta vez de color naranja, en lugar del poder blanco sanador que había usado en Rhys.

Cada uno de los hombres que se acercaban se retorcieron y luego cayeron al suelo, tiesos como piedras.

—¿Pero qué…? —comenzó a decir Rhys, pero fue cortado cuando los ojos de Echo se voltearon hacia arriba. Ella simplemente colapsó, como una marioneta a la cual le cortaron las cuerdas, con cada parte de su cuerpo quedando sin vida. Rhys tuvo que saltar hacia ella para evitar que su cabeza golpeara el suelo, aterrizando con ella en una posición incómoda.

Rhys miró a Gabriel y Aeric, que examinaban a los cuerpos en el suelo. Un deteriorado Toyota rojo cruzó la manzana, deteniéndose al ver a los cinco cuerpos inconscientes. Apegado a la forma de Nueva Orleans, el vehículo solo retrocedió y se fue sin hacer nada.

Aeric y Gabriel se miraron y suspiraron, luego empezaron a arrastrar los cuerpos de la calle hasta el patio, frente a donde Rhys y Echo yacían. Después de haber arreglado todo, Aeric volvió a levantar a Rhys.

—Iré a revisar la casa, asegúrate de que no haya heridos ni muertos —dijo Gabriel, dirigiéndose hacia la cabaña.

—Tendré que ayudarte con tu mujer —le dijo Aeric,

dándole a entender con la mirada al otro guardián que no quería pelear.

Rhys asintió y Aeric tomó a Echo, lanzándola sobre su hombro como un saco de patatas. Ella no se movió, lo que llevó el miedo de Rhys hacia nuevos niveles.

—Cuidado con ella —le gruñó a Aeric, quien solo miró a Rhys de forma inexpresiva y levantó a Echo más alto sobre su hombro.

—Muy bien —dijo Gabriel, regresando—. La casa está vacía. Hay fotos de tu chica en el refrigerador al parecer, Rhys. Ella debió haber venido hasta acá.

Rhys asintió, preguntándose por qué la casa estaba tan vacía. Si Echo había venido a visitar a un familiar o un amigo, ¿Dónde estaba el dueño ahora?

Gabriel trajo la camioneta y ayudó a Rhys a levantarse. Rhys se metió primero y aceptó el cuerpo inconsciente de Echo de parte de Aeric, acomodándola en su regazo mientras regresaban a la mansión una vez más. Cada parte de su ser anhelaba tocarla, aunque también estaba preocupado por su estado.

Él revisó su pulso en el camino de regreso y lo encontró normal. Desde ahí, Rhys determinó que ella, simplemente, había sufrido un caso de agotamiento mágico, lo que sucedía cuando una bruja gastaba grandes cantidades de energía de su reserva interna. La energía mágica normalmente deriva de una fuente natural de poder, como de un objeto místico similar a la piedra de poder enterrada en el patio trasero de la mansión. También se podía conseguir cosechándola de ciertos fenómenos naturales como las grandes cascadas, o de fuentes más oscuras como rituales de sacrificio, ofreciendo la propia sangre o mucho peor. Echo debió haber usado una enorme parte guardada dentro de sí misma, que la agotó totalmente, porque no movió ni un solo músculo de regreso a la mansión.

Gabriel se ofreció para ayudar a Rhys a llevar a Echo por las escaleras, pero él se negó. Recién la había encontrado y estuvo a punto de perderla por completo. Rhys necesitaba tocarla, necesitaba tenerla a su lado, y no quería compartir ese privilegio con nadie más.

No esta noche, y si él pudiera, nunca jamás.

Echo finalmente se movió cuando Rhys le quitó los zapatos y la acomodó en su cama. Ella abrió sus ojos un poco y se volteó para mirar a Rhys.

—Estás... bien... —dijo con dificultad—. No estás herido...

Rhys se sentó en la cama a su lado con un suspiro, colocando un mechón de cabello rubio detrás del oído de Echo. Su oso luchaba por salir, queriendo tocarla, saborearla. Tomarla.

Su oso era un idiota que no entendía el contexto, y estaría insatisfecho esa noche.

—No lo estoy, gracias a ti —dijo Rhys mientras miraba de cerca a Echo.

—Bien.

Sus ojos empezaron a cerrarse, y Rhys pensó que dormiría de nuevo. Se sorprendió cuando la vio luchando por incorporarse, abriendo más los ojos.

—Ti-Elle —dijo ella, con su voz tornándose más preocupada—. ¿Dónde está Ti-Elle?

Rhys tomó una pausa, inseguro de cómo responder.

—No sé quién es, señorita.

—Estábamos en su casa —dijo Echo. Rhys podía ver que se esforzaba por hablar con claridad, y la presionó contra las almohadas con un toque suave.

—Solo relájate. ¿Es tu amiga? —preguntó.

—Mi tía —dijo Echo, con sus palabras saliendo como un susurro. Su labio inferior tembló y sus ojos enormes de amatista estaban llenos de lágrimas.

—De acuerdo. Está bien. Iré a hablar con Gabriel y Aeric y ellos encontrarán a tu tía. No te preocupes, señorita.

Echo lo analizó por un largo rato, y luego le asintió en acuerdo. Una parte de Rhys estaba complacida de que le confiara esto, el cuidar las cosas que ella no podía. Él pasó un pulgar por su mejilla y se retiró antes de que pudiera sentir más de su calor y suavidad.

Luego de informar a Aeric de la situación, Rhys se quitó sus botas y pantalones tácticos, y se acostó al lado de Echo. No podía resistir traerla hacia él e inhalar su esencia dulce mientras que sus ojos se hacían demasiado pesados como para permanecer abiertos.

Rhys cayó en un descanso profundo, oscuro y sin sueños.

CAPÍTULO OCHO

*E*cho
    Despierta, cariño...
Despierta...
Despierta, cariño...
La conciencia de Echo flotaba, como si se tratase de un dulce sueño. Un sueño en el que besaba salvajemente a un alto, moreno y muy guapo extraño, quien hacía que su cuerpo se sintiera lleno de placer y deseo. Un sueño del que ella, agradecida, no quería salir nunca.

Frunció el ceño con desánimo, sin sentirse lo suficientemente lista para abrir los ojos ¿Qué tanto quería Rhys despertándola de esta forma, aún cuando ella se había esforzado tanto en protegerlo?

Además, ¿por qué la llamaba "cariño"?

Cuando Echo finalmente abrió los ojos, se encontró con una habitación vacía y oscura. Le tomó varios segundos entender que estaba en la habitación de Rhys, y Echo casi se traga su lengua cuando al voltearse, vio a Rhys acostado a su lado. No pudo evitar levantar el pesado edredón y echar un vistazo debajo; cuando verificó que todavía tenía puesta una camiseta y unos boxers, no sabía si sentirse aliviada o decepcionada.

Al volver a acomodar las cobijas sobre sus cuerpos, Echo se sintió algo culpable por espiar a Rhys mientras dormía. Aunque no hubiera logrado tener una vista completa, no tenía dudas de que cada milímetro de Rhys era increíble.

Quedó petrificada sobre la cama al notar que algo se movía en su visión periférica, una figura fantasmal. Echo se volteó lentamente, y casi grita al ver un fantasma que no esperaba encontrar. Flotando junto a la cama, con las cejas arqueadas de preocupación, estaba el fantasma de Cadence Caballero, la madre de Echo.

La boca de Echo se abrió con sorpresa. De todos los cientos, o quizá miles de fantasmas que había encontrado, a algunos solo una vez y a otros en varias ocasiones, su madre nunca había hecho una aparición como ahora. No importaba cuánto lo hubiese deseado la Echo de trece años, no escuchó ni una sola vez el murmullo del fantasma de su madre después de su muerte.

—Echo —susurró su madre—. Echo, cariño

—¿Mamá? —respondió Echo sobresaltada, mientras su mano cubría sus labios—. ¿Eres tú?

Cadence se veía justo como Echo la recordaba, con su abundante cabello rubio peinado hacia atrás en una trenza francesa, con pequeños bucles enmarcando su frente. A pesar de que su rostro era tan claro como el cristal, el resto de su cuerpo se veía borroso y distorsionado, como si la viera desde muy lejos. Ella debía estar en el más allá, en algún lugar en el otro reino, y Echo supuso que estaba haciendo un gran esfuerzo para atravesar el Velo.

—Echo, yo no… —Cadence parpadeó por un momento, y Echo casi llora al ver la imagen de su madre reaparecer, esta vez con más fuerza.

—Mamá —dijo Echo, sin saber cómo reaccionar—. Shhhh.

Echo se deslizó fuera de la cama, indicándole a su madre que la siguiera fuera del dormitorio y a través de la habitación de Rhys. Ya en el cuarto de invitados, se volteó para mirar a su madre.

—Aquí podemos hablar, um... Mejor, creo —dijo Echo. Ella habría deseado poder prepararse más para este momento, pero hacía mucho tiempo que se había dado por vencida de tratar de tener contacto con su madre.

Cuando se trataba de un fantasma cualquiera, ella simplemente los dejaba hablar. Sus vidas y pesares no afectaban a Echo de ninguna forma, así que no había problema en escucharlos y asentir. Pero con su propia madre... ¿Qué se suponía que debía decirle al fantasma de su madre?

—No tengo mucho tiempo —dijo Cadence, rogándole a Echo con la mirada—. Debes escucharme. Estás en gran peligro, cariño.

—Lo sé, mamá. Fui atacada dos veces hoy —dijo Echo, tratando de ignorar el nudo de emociones que se formaba en su pecho.

—Debes estar protegida a toda costa. Eres la Primera Luz, cariño.

Echo hizo una pausa, confundida.

—¿Qué es la Primera Luz? —preguntó.

—Tu tía Ella y yo investigábamos el legado de Baron Samedi, solo como un pasatiempo. Sin embargo, Ti-Elle y yo éramos muy fuertes. Descubrimos más de lo que debíamos saber, y encontramos lugares sagrados donde Baron había ocultado los secretos para abrir el Velo.

Echo hizo una mueca, sin poder comprenderla del todo.

—No entiendo qué quiere decir eso, mamá

—Nos vimos envueltas en algo mucho más grande y poderoso de lo que fuimos capaces de imaginar. Juntas logramos contactar al propio Baron Samedi, quien estaba furioso de que hubiéramos logrado desentrañar sus secretos. Él volvió a ocultar el secreto del Velo, pero esta vez lo hizo dentro de tres personas en vez de lugares sagrados. Las Tres Luces, las llamó.

La boca de Echo se abrió y se cerró varias veces mientras luchaba por entender todo. Su madre no estaba allí para advertirle a su hija del peligro. Cadence estaba allí para decirle a Echo que ella era una especie de jodido talismán vudú, y que ese secreto debía ser protegido.

Echo empezó a reír descontroladamente. Por supuesto, su madre no se tomaría las molestias de venir a verla, después de todo este tiempo.

—Ya veo. Entonces si me secuestran, el Velo estará en peligro. Eso quiere decir que también estarás tú en peligro de alguna forma ¿cierto? ¿Eso es todo? —preguntó Echo, entrecerrando los ojos.

Los labios de su madre se torcieron en una mueca de disgusto.

—No es por eso que estoy aquí.

—Quisiste jugar con cosas que no entendías, y ahora soy yo la que está en peligro mortal porque Pere Mal sabe que soy capaz de… ¿Hacer qué, exactamente? —preguntó Echo.

Cadence se tomó un momento para calmarse antes de responder.

—La Primera Luz guía a la Segunda y la Tercera. Con las tres a la mano, un brujo lo suficientemente fuerte podría abrir el Velo sin problemas. Eso sería el fin de los reinos de los humanos y los espíritus como los conocemos —dijo la madre de Echo.

—Eso suena terrible para ti —dijo Echo, con amargura en cada palabra.

—Suena mal para todas las almas, Echo, vivas o muertas.

Echo pensó en sus palabras por un segundo.

—¿Porqué nunca antes intentaste venir? —preguntó.

La expresión de Cadence empezó a lucir molesta.

—Hay una red de información de este lado, tal como en el tuyo. Cuando utilizaste tus poderes al máximo el día de hoy, causaste una ruptura. Hay muchas criaturas de mi lado que mantienen sus oídos presionados contra las paredes, por así decirlo, esperando que alguien como tú se dé a conocer. He gastado muchos de mis recursos manteniéndome al tanto de ti, Echo. Eres afortunada de que haya llegado yo antes que cualquier otro.

—Francamente, no entiendo cómo estás aquí en lo absoluto. Hay múltiples hechizos de protección en la mansión —dijo Echo.

Cadence se suavizó un poco, como una reminiscencia.

—¿No lo recuerdas? Yo era bastante fuerte, Echo. Aún lo soy, a mi manera. Tú tienes tus poderes de mí.

Echo tomó la oportunidad en cuanto la vio.

—¿Y qué tengo de mi padre? ¿Quién era él, mamá?

Cadence negó con la cabeza.

—No estás destinada a saberlo, cariño. No es nadie, no es importante. Nunca lo conocerás, Echo.

La rabia de Echo explotó.

—¿Eso es todo? Has recorrido todo ese camino para decirme que eres poderosa, que soy una especie de llave para el mundo espiritual y que ahora debo… ¿Qué? ¿Ser cuidadosa? ¿Eso es todo lo que tienes para mí?

—No. Hay más —dijo Cadence—. Vi al hombre que estaba acostado a tu lado. Debes tener cuidado, Echo. Si le entregas tu corazón, también lo harás con tus poderes. Es exactamente por esa razón que estoy muerta ahora, por haber tratado de salvar al tonto de tu padre.

Echo se tensó, sabía muy poco de esa historia.

—¿Qué fue lo que ocurrió? —susurró.

—Tu padre luchó contra el Baron, para tratar de quitarte

la luz. Casi mueres en el proceso y tu padre fue succionado por las Puertas de Guinea —dijo Cadence, mientras su voz se tornaba oscura y llena de rencor—. Fui por él, creyendo que era lo suficientemente fuerte como para salvarlo, que nuestro amor sería como un ancla. Tu padre es la razón por la que no pude seguir arrullándote en las noches, Echo. Él nos separó.

Echo dio un paso atrás, sorprendida por la ira de su madre. Antes de que pudiera contestar, Cadence continuó su historia.

—Echo, si eres atrapada por las fuerzas del mal, luego irán por las otras dos Luces. Si te capturan, tú y Ti-Elle estarán pérdidas. El mundo será destruido. Debes...

Cadence continuó moviendo su boca por un segundo, pero no emitió sonido alguno. Ella parpadeó y giró su cabeza, como si mirara sobre su hombro. Luego volvió a ver a Echo, con una expresión llena de tristeza. Le lanzó un beso con la mano y se deshizo en forma de neblina, desapareciendo de su vista.

Echo se sentó sobre la cama, tratando de organizar sus pensamientos sobre lo que acababa de ocurrir. Más allá de lo que sentía por su madre, nada de esto tenía sentido. Necesitaba respuestas; necesitaba encontrar a Ti-Elle.

Echo volvió a enterrarse bajo las cobijas en la cama de invitados, tratando de encontrar alivio en sus sueños. Aún estaba muy cansada del día anterior, y aunque su cuerpo pedía descanso, su mente estaba trabajando a toda marcha. Después de una hora de dar vueltas sin poder conciliar el sueño, Echo dejó la cama de invitados y fue al cuarto de Rhys, para acurrucarse a su lado.

Él reaccionó medio dormido, envolviendo su cintura con su brazo y acercándola. Echo se dejó arrullar por su cálido y penetrante olor masculino hasta poder dormir de nuevo.

CAPÍTULO NUEVE

CAPÍTULO NUEVE

 cho

Echo nunca se había sentido tan tensa en toda su vida, y en gran parte, era debido a la presencia de Rhys en su vida y en su cama durante la noche.

Habían pasado tres días desde que los Guardianes se habían encargado de sus dos dramáticos rescates, y ya había aprendido todo sobre ellos. Para empezar, Rhys era el clásico líder nato, al parecer, porque ninguno de los otros dos eran lo suficientemente estables. Según Rhys, Gabriel era el más vulnerable a los hechizos de la depresión y, a menudo, perdía la noción del tiempo con sus investigaciones mágicas, por lo que solía desaparecer por días. Sobre Aeric, Rhys le dijo a Echo que solo era paranoico, malhumorado y extremadamente tosco, además de ser terrible tratando con humanos. En especial, con los extraños.

Echo también había aprendido que los tres hombres tenían sus propias actividades, generalmente programadas en un horario colectivo, que incluía patrullar diversos puntos de reuniones Kith donde podría haber problemas. Sus turnos de trabajo se intercalaban noche tras noche, patrullando el Barrio Francés, tres de los cementerios más sagrados, el Congo Square y algunos otros lugares de poder.

Mientras tanto, los dos hombres que no patrullaban durante la noche eran responsables de responder a cualquier incidente o llamada de emergencia relacionada con Kiths, donde a Echo le gustaba ayudar como parte de un equipo de emergencias médicas paranormales. Terminaban con las peleas, investigaban crímenes mayores y se encargaban de demonios y de Kiths que atacaban a otros.

Echo se sorprendió al ver lo diligente que era Rhys con su horario, levantándose temprano para ejercitarse y entrenar con Gabriel o Aeric. Rara vez los veía desocupados, ya que las acciones de Pere Mal causaban desastres por toda la ciudad, haciendo que se alzaran varias bengalas de auxilio por toda Nueva Orleans. Los Guardianes se la pasaban trabajando la mayor parte del tiempo, dejando a Echo explorando la mansión y preguntando a Duverjay sobre las costumbres del trabajo de un guardián.

Ella se despertó sola en la cama de Rhys durante su primer día en la mansión, y descubrió que Duverjay había acomodado el armario de la habitación de invitados con toda clase de atuendos y necesidades de su talla. Esa noche, ella intentó dormir en esa habitación, pero se despertó a las cuatro de la mañana para encontrar a Rhys enrollado a su lado, roncando suavemente. Ya que aparentemente no les hacía bien dormir en camas separadas, Echo se acostumbró a dormir en la de él, pero no habían tenido un momento tranquilo para discutir sobre… bueno, nada.

En el tercer día, Echo tenía una terrible necesidad de hablar con Rhys. A decir verdad, se estaba obsesionando con él, pero no tenía idea de qué significaban esas… urgencias. ¿Él sentía lo mismo? ¿Acaso era el destino o alguna cosa loca de los ursos? ¿Y qué había pasado con Ti-Elle? ¿Los Guardianes habían tenido algún progreso buscándola? Duverjay era muy reservado con ese tipo de tema, así que Echo concluyó que debía encontrarse con Rhys y preguntarle por su cuenta.

Tras un largo y caliente baño para alejar un poco esa extraña sensación de compartir la cama con un completo extraño, Echo se puso una franela blanca y unos jeans ajustados. Bajó las escaleras buscando el desayuno, recordando el maravilloso omelette francés que Duverjay le había preparado el día anterior. Cuando encontró el piso principal vacío, se dirigió al gimnasio.

Nada podía preparar a Echo para ver a los tres guardianes desnudos hasta la cintura, sudando, mientras peleaban con espada de madera entre ellos. Ella miró unos minutos, disfrutando sus burlas e insultos, antes de que Rhys notara su presencia.

Él perdió enfoque en la esgrima y Gabriel enseguida lo derribó, lanzando al escocés al suelo con un aullido de triunfo.

—¡Por fin te tengo, bastardo! —alardeó Gabriel, lanzando su espada a un lado y ayudando a Rhys a levantarse.

—Él estaba distraído por Echo —apuntó Aeric, asintiendo para dirigir la atención de Gabriel hacia la audiencia— Esta realmente no cuenta.

Echo se sonrojó y caminó hacia ellos, con la disculpa en la punta de su lengua. Intentó lo mejor que pudo, pero le resultaba imposible el no mirar los abdominales perfectamente esculpidos de Rhys, sus hombros, pectorales gruesos, brazos y esa tonificada espalda.

—Eso no importa. Si fuera real, él estaría realmente jodido. Él me lo enseñó —dijo Gabriel encogiéndose de hombros.

—Cierto —dijo Aeric.

—Váyanse al diablo, los dos —dijo Rhys, quitándose el sudor de la frente y girando hacia Echo—. Y hola a ti.

Echo le dio una pequeña sonrisa, por fin logrando apartar la vista a su glorioso cuerpo.

—Perdón que te hiciera perder —dijo asombrada—. Pensé que quizás podrías tomarte un descanso para desayunar conmigo.

—Claro. Ya terminé por aquí de todas formas —dijo Rhys, aunque Echo sabía perfectamente que él solía quedarse en el gimnasio, al menos medio día, entrenando o practicando tiro con varias armas. A Echo le sorprendía su capacidad de aguante. Ella siempre quedaba agotada después de una simple hora de yoga, por el amor de Dios.

Echo ignoró la mirada sugestiva que le lanzó Gabriel a Aeric, luego de invitarlo a pasar tiempo juntos. Rhys les dio una mirada amenazante y regresó a ella.

—También tengo algo que contarte —dijo Rhys, tomando su franela de donde la había dejado al final del área de combate—. ¿Qué tal si tomo una ducha y te veo en mi biblioteca? Puedo pedirle a Duverjay que nos traiga algo para comer.

Echo asintió, distraída de nuevo. Se sentía un poco triste de verlo ponerse nuevamente su camisa, cubriendo su glorioso y sudoroso torso. Él la atrapó mirándolo y le arqueó una ceja con picardía, haciendo que ella se sonrojara como un tomate. Por suerte, él no dijo nada.

Como sea, Echo también lo había atrapado mirando su trasero el dia anterior. Aunque Echo no se consideraba la mujer más sexy del planeta, teniendo en cuenta que poseía suficientes curvas para tres o cuatro chicas delgadas, era obvio que a Rhys le parecía sumamente interesante.

Justamente otro tema de conversación del que tenían que hablar. Y debían hacerlo pronto, porque ya habían estado a punto de juntar labios dos veces desde la llegada de Echo a la mansión. Ella quería explorar la química que había entre ellos, más de lo que había deseado hacer con cualquier otro chico, pero necesitaba estar segura...

Había algo. No estaba segura de qué, y eso no hacía más que frustrarla.

Rhys la llevó hasta la casa principal, subieron las escaleras, y la dejó en su sala de estar mientras él se dirigía a la ducha. Echo movió los papeles en la mesa de su biblioteca, sorprendida de encontrar que tenía un número de libros referentes a las Tres Luces.

Aparentemente, Rhys se había puesto más serio sobre su situación de lo que ella hubiera esperado. Ojeó lo que había sobre la mesa, aprendiendo más y más con lo que había encontrado.

—¿Algo bueno?

Echo se volteó en cuanto el acento grave de Rhys resonó, dándole escalofríos a lo largo de sus brazos. Se levantó y vio que estaba en la puerta, y él llevaba puesta menos ropa que la que tenía en el gimnasio.

Estaba casi desnudo, envuelto en una toalla azul marino por debajo de sus caderas, su piel bronceada y cabello castaño seguían húmedos. Él se recortó su barba, pero seguía teniendo el tono rojizo. Sus ojos brillaban con curiosidad, y Echo se dio cuenta de que él sabía que tenía algún efecto sobre ella.

—¿Por qué está pasando esto? —soltó Echo, con sus ojos bajando hasta su pecho, luego su abdomen, y más abajo hasta la toalla que colgaba de sus… caderas...

Antes de darse cuenta, había abandonado la investigación y se había acercado a Rhys, que estaba húmedo en su perfección muscular.

—¿Por qué está pasando qué, señorita? —preguntó, levantando una ceja. Él lo hizo, Echo se dio cuenta de inmediato, esa expresión y el sobrenombre que solía usar cuando quería provocarla.

Ella se lamió los labios mientras pensaba una respuesta.

—Esta… esta atracción entre nosotros —dijo sonrojándose—. Nunca antes me había sentido así con nadie, y nunca hemos… hecho nada.

Rhys sonrió debido a sus eufemismo.

—¿No hemos follado, querrás decir? —preguntó.

—Sí —dijo Echo, sintiendo cómo el rubor llegaba hasta su cuello y su pecho. Esa palabra en sus labios, con ese acento, era algo injusto.

—Detente un momento —dijo Rhys, retirándose.

Echo gruñó y se desplomó en uno de los sofás, insatisfecha al extremo. Rhys reapareció en menos de un minuto, llevando una franela blanca ajustada y unos jeans que le quedaban como un guante.

—No creo que fuera lo correcto hablar de eso con solo una toalla encima —admitió moviendo sus hombros. Se sentó a su lado, lo bastante cerca para que casi se tocaran.

—Así que tenemos algo de qué hablar entonces —afirmó Echo, analizando su rostro.

—Sí. Pienso que podrías saberlo, pero quizás no es lo mismo para las brujas. —Echo meneó su cabeza.

—Nunca había escuchado sobre… lo que sea que sea esto —dijo.

Rhys tomó un minuto planeando su respuesta, colocando sus dedos en el hombro y brazo de Echo, haciéndola temblar.

—Estamos destinados el uno para el otro, Echo.

La mirada de Echo se cruzó con la de él.

—¿Disculpa? —preguntó.

—Destinados. Algo así como lo que debería ser, está escrito en las estrellas.

—Yo… yo sé lo que significa "destinados". Es la otra parte la que no entiendo —dijo ella, levantando sus cejas.

—Somos una pareja, señorita. Verás, existe una única persona para cada cambiante, y tú eres esa persona para mí.

Echo tomó aire, asimilando sus palabras.

—¿Entonces hay solo una persona para mí? Porque he tenido novios, por si no lo sabías.

La mirada de Rhys se puso seria un momento, pero negó con la cabeza.

—No hay problema que hayas estado con otros. No podemos saber que estamos unidos hasta que nos miramos el uno al otro. Es algo como... —comenzó, pero no consiguió las palabras.

—¿Amor a primera vista? —dijo Echo con una mirada escéptica.

—Eso. Verás —dijo. Su pulgar rozó su clavícula, calloso por tanta práctica con la espada, y Echo sintió cómo se le endurecían los pezones.

—Así que... estamos atraídos el uno al otro —dijo Echo, intentando llegar al fondo de esto—. Quizás tengamos que estar conectados. ¿Qué más?

Rhys estaba concentrado en acariciar su clavícula de manera lenta y rítmica.

—Todo. Nunca encontraremos a otra persona para nosotros, señorita. Una vez que consumemos nuestro lazo y te marque...

—¿Marcarme? ¿Cómo...? ¿Con tus dientes?

—Exacto —dijo Rhys, levantando su mirada para tener a Echo en su lugar—. Escuché que era placentero para ambos.

—Echo no pudo pensar en una respuesta decente para eso—. Entonces seríamos los dos, para siempre —finalizó Rhys.

Para la sorpresa de Echo, no tomó ventaja de su inhabilidad momentánea para acercarse. En lugar de eso, se echó para atrás, rodeando la mesa para levantar un pergamino que se había caído.

Él miró hacia arriba y puso un rostro de disculpa.

—Sé que está sucediendo todo de una vez. No tenemos que ir tan rápido, señorita.

La sola vibración en la palabra *señorita* tenía a Echo fuera de sí, y aún no podía decirle lo contrario a Rhys. Él era intimidante para ella, con su inteligencia, sabiduría y su sensualidad. Echo era una chica local que trabajaba en un abasto vudú que recibía turistas. Ella no podía controlar su propia magia, y estaba más que acomplejada desde su niñez. La idea de que ella y Rhys estuvieran emparejados cósmicamente era alguna clase de comedia.

No era como si su cuerpo traicionero tuviera la idea de que conectarse con Rhys fuera algo imposible; no, sus hormonas también estaban volando como adolescente en pleno baile escolar. Una parte de Echo sospechaba que Rhys sabía exactamente lo excitada que estaba, y simplemente no quería aprovecharlo, mucho menos mencionarlo.

Echo meneó su cabeza. Por suerte, Rhys dejó el tema de lado, centrándose en las notas de investigación sobre las Tres Luces. Había menciones aquí y allá, la mayoría de hacía veinte años o más. Lo que más le interesaba a Echo eran las tres menciones en los textos más antiguos, uno de ellos de doscientos años antes del nacimiento de Echo.

¿Se trataba de más basura del destino cósmico? ¿Por qué el universo quería joderla esta semana? Hasta hacía unos cuantos días, ella nunca había sido ninguna clase de problema para el mundo Kith. Hoy, era perseguida por un grupo de presuntos cultistas del fin del mundo y cortejada por un enorme y totalmente atractivo hombre oso.

¿Qué podría empeorar?

—Hay una historia sobre todo esto —susurró Echo después de que Rhys le contó lo poco que sabía—. Es un asunto familiar, creo.

Las cejas de Rhys se arquearon hacia arriba.

—¿Tú ya sabías que eras la Primera Luz? —preguntó.

—No exactamente —dijo Echo, tomando una silla y sentándose. Rhys se sentó a su lado, y Echo podía sentir su penetrante mirada mientras trenzaba sus manos sobre su regazo, intentando decidir qué tanto revelar.

—Echo, solo cuéntame —la reprendió Rhys.

—Bueno... sabes que soy una bruja —dijo y Rhys asintió, con expresión paciente. Echo continuó—. Bueno, también soy médium. Veo espíritus.

Ella dio una pausa para que él pudiera asimilar eso, pero Rhys no se inmutó.

—Así que te dijeron sobre las Tres Luces en algún momento de tu pasado —adivinó Rhys.

—No tan pasado, de hecho. Mi madre apareció hace unos días, y me comentó unas partes de la historia.

Echo le informó rápidamente de la conversación, y Rhys parecía perplejo.

—¿Por qué no le preguntaste más? Seguramente, tu madre podría haberte contado si le hubieras preguntado —le dijo.

—Nosotras nunca... nuestra relación no fue muy buena cuando ella estaba viva. Y ella murió cuando yo era muy joven, apenas tenía seis años. Nunca la conocí, creo —explicó Echo encogiéndose de hombros defensivamente.

Rhys tomó su mano y atrapó sus dedos en la mesa, acariciándolos con los suyos.

—Lo siento, señorita. No lo sabía. ¿Entonces tu madre no te visitaba frecuentemente? —preguntó, con un tono de preocupación en su voz.

—No. Esa fue la primera vez... y la única —dijo Echo, con algo de vacilación en su voz.

Los ojos de Rhys lo notaron, pero no quiso invadir el pasado de Echo.

—¿Tú mamá te contó algo más? —preguntó.

—Solo que me convertí en un objetivo. Hasta que Pere Mal consiga lo que quiere, soy un peligro para cualquiera que me esconda. Y si él me atrapa, me usará para conseguir a las otras dos Luces. Eso no sería nada bueno —dijo Echo, dejando caer sus hombros.

—Bueno —dudó Rhys, con cautela en su voz—. Ella tiene razón respecto a eso. No podemos permitir que Pere Mal te atrape. Eso es más por mi bien que por el del resto del mundo.

Su gentil broma sacó media sonrisa del rostro de Echo, y ella le dio una mirada de agradecimiento.

—Entonces no te gustará oír el último consejo de mi mamá. Dijo que me alejara de ti, que podría terminar sacrificándome para salvarte.

Echo no pudo evitar ver una nube negra pasar por el rostro de Rhys, pero simplemente le apretó suavemente sus dedos y la soltó.

—¿Has usado un espejo adivino antes? —preguntó Rhys, cambiando el tema.

—Algunas veces, con Ti-Elle —dijo Echo.

—Gabriel está trabajando en eso, pero creo que podría ser de ayuda si tú buscaras a tu tía, ya que la conoces mejor. Ella no tiene recuerdos activos con los que pudiéramos llamarla, por lo que podría ser muy útil.

Ellos trabajaron toda la mañana y parte de la tarde, deteniéndose únicamente para comer los refrigerios que les traía Duverjay. Echo intentó adivinar, pero parecía que donde fuera que tenían cautiva a su tía, estaba muy bien escondido.

Decidieron investigar sobre Pere Mal, intentando imaginar dónde podría tener una persona valiosa como Ti-Elle. En todo el tiempo que investigaron, Echo estuvo muy enfocada en cada momento en que su piel rozaba contra la de Rhys, cada vez que sus manos se tocaban, cada vez que sus miradas se cruzaban. Una vez, ella se encontró lamiéndose los labios mientras miraba su boca.

—¿No lo crees? —preguntó Rhys, tocando su hombro y haciéndola saltar.

—¿Qué? —Echo levantó la mirada, sonrojada. Rhys parecía que intentaba sonreírle, y un hoyuelo se dibujó en su mejilla dándole un aspecto de cómplice.

—Su hogar ancestral es Algiers Point —repitió Rhys, atrayendo la atención hacia el mapa de la ciudad sobre la mesa—. Si las fuentes son correctas, seguramente tendría su hogar ahí. O quizás escondió a Ti-Elle en una de sus bodegas en las afueras de la ciudad, cerca de Gentilly. Conoces Nueva Orleans mejor que yo, ¿qué opinas?

—Ah. Eh, cierto —dijo Echo—. Algiers Point es un bonito vecindario. No puedo imaginarme que alguien no note una casa donde Pere Mal tuviera rehenes. Gentilly es la mejor opción, en algunas áreas hay menos policías y más edificios abandonados.

—Dejaré que Aeric y Gabriel lo sepan. Podemos concentrarnos en nuestra búsqueda mientras formulamos un plan de ataque —dijo Rhys.

Una hora después, Echo y Rhys estaban agotados por el día.

—No quiero volver a ver una línea más en latín, siento cómo mis ojos se cruzan solos —dijo Rhys, dejando a un lado el polvoriento libro con el que había estado estudiando.

Echo dejó caer un pergamino asintiendo.

—Me siento igual. También me dio algo de hambre.

—Normalmente, ceno con Aeric y Gabriel, pero ellos trabajarán patrullando esta noche, creo —dijo Rhys, luciendo pensativo—. ¿Qué tal si le pido a Duverjay que nos traiga algo de comer y nosotros…?

Él se detuvo, incapaz de terminar la frase. Echo se dio cuenta de que Rhys estaba buscando la palabra adecuada, pero se quedó sin decir nada. Aunque su vocabulario era perfecto, ella podía sentir que todavía tenía dificultades con las jergas.

—¿Tener una cita? —sugirió con una sonrisa.

—Sí, claro —dijo Rhys, volteando sus ojos.

Rhys sacó su teléfono celular y mandó una serie de mensajes de texto, probablemente pidiéndole la cena a Duverjay.

—¿Acaso no salen en Escocia? —preguntó Echo cuando terminó.

—No mucho, no en la mitad del siglo XVIII —dijo Rhys.

Echo contuvo la respiración.

—¿Perdona? —demandó, sorprendida por sus palabras—. ¿Intentas hacer una broma?

Rhys pareció darse cuenta de que había metido la pata, y lucía un poco avergonzado.

—Ah. Sí, estaba a punto de decírtelo —dijo. Se levantó de un salto y trajo un proyector de pantalla del techo frente a los muebles.

—Esto… ¿Exactamente cuándo planeabas decirme que eras un… no sé, un hombre oso que viajó en el tiempo? —preguntó Echo con un resoplido, cruzando sus brazos—. ¡Qué increíble suerte la que tengo!

Rhys lanzó una mirada culpable.

—No estaba realmente seguro de cómo decírtelo. Suena loco, ¿no lo crees?

Echo pensó en sus palabras por un momento.

—Pienso que podrías empezar contándome tu historia, no solo lanzándome la bomba así —dijo.

Rhys tomó su mano y la llevó al sofá. Echo se acomodó a su lado, aunque no muy cerca. Rhys le hizo cosas muy raras a su cerebro cuando la tocó, y necesitaba mantenerse calmada para esto.

—Todo comenzó cuando tenía catorce años, y aprendí a

tomar mi forma de oso —le dijo—. Mi madre murió joven, y solo éramos mi padre, mi hermano y yo. Yo era el hijo mayor.

Echo rompió su propia regla de inmediato, tomando su mano y enlazando sus dedos con los de él, dándole una sutil pizca de ánimo. Rhys hizo pequeños círculos en su palma con su pulgar mientras hablaba, mimándola.

—Mi hermano y yo solo nos llevábamos un año de diferencia, y solíamos pelear entre nosotros. Nuestro padre nos dio a elegir a cada uno, ir con un tutor y expandir nuestro conocimiento o entrar a la milicia y aprender sobre la guerra —Rhys sonrió, quizás recordando un buen momento—. Escogí luchar, por supuesto. Mi hermano escogió los libros. Cuando alcancé mi madurez a los diecinueve, dejé mi hogar y fui a luchar por el rey.

—¿Cuál era el nombre de tu pueblo? —preguntó Echo.

—Tighnabruaich —dijo Rhys.

Echo soltó una risita ante la palabra impronunciable.

—Perdón —se disculpó—. Es el nombre más escocés que he escuchado en mi vida.

—Sí —asintió Rhys, intentando esconder una agradable sonrisa—. Es un lugar muy escocés.

—¿Y qué fue lo que te trajo aquí? ¿O ahora, por así decirlo?

La sonrisa de Rhys desapareció.

—Mi padre y mi hermano murieron de repente, por alguna extraña razón. El terrateniente vecino era codicioso, y tomó ventaja del lapso de liderazgo. Quería anexar Tighnabruaich a su territorio.

—¿Y tú seguías por fuera? —preguntó Echo.

—Sí. De aventura, o eso creía. Coqueteando con mujeres y llenando mis cofres de oro, mientras mi clan sufría terriblemente.

Echo sintió pena por su amargo y frustrante tono de voz.

—No lo sabías —le dijo.

—Nunca debí haberme ido. Para cuando volví, Tighna-bruaich estaba en ruinas. Había muy pocos hombres para proteger a las mujeres y niños. Tuvimos que empacar lo que pudimos y huir como cobardes. Yo no... no pude salvarlos.

Los ojos de Echo se abrieron y su corazón se contrajo.

—¿Ellos murieron? —dijo sorprendida.

—No del todo. Eso era lo que debía pasar, de no ser por la bruja —Rhys notó la mirada confundida de Echo y asintió—. Mere Marie. Ella me ofreció el trato del diablo.

—¿Ella salvó tu clan? —preguntó Echo.

—Sí, y a mi hermano en el proceso. No podía ignorar un trato así.

—¿Exactamente qué recibió a cambio? —preguntó Echo, mordiéndose el labio.

—Mi lealtad y servicio, incluso a lo largo del tiempo... —Rhys tomó una pausa, como si algo hubiera pasado súbita-mente por su mente. Levantó su cabeza mientras estallaba en una sonora carcajada—. No me sorprende que te tratara tan mal. Ella me va a perder tan pronto te marque.

—No entiendo —dijo Echo, rascando su nariz.

—No te preocupes. Tenemos algo de tiempo antes de que eso pase, necesito pensar —dijo Rhys.

Tocaron la puerta, y Duverjay entró con una gran bandeja de comida.

—Gracias, Duverjay, puedes dejarla en la mesa —dijo Rhys.

Duverjay hizo lo que se le pidió, lanzándoles a Rhys y a Echo una mirada de curiosidad, pero se fue sin decir nada.

—¿Deberíamos comer en la mesa? —preguntó Echo, mirando los platos servidos en bandeja que había traído.

—De hecho, tengo una mejor idea —dijo Rhys, con una mueca iluminando su rostro —Espera.

Se desvaneció en su habitación, y regresó con una

enorme manta. La extendió en el suelo, frente a los sofás, dándole una mirada cómplice a Echo.

—¿Cómo si fuera un picnic? —preguntó Echo con una sonrisa— ¡Qué romántico!

Rhys sonrió de una forma que su profesor favorito de literatura habría llamado "peligrosamente galante", haciendo que el corazón de Echo diera un vuelco. Si tuviera que ser atada cósmicamente a alguien, esperaba que al menos la mirara como él lo hacía.

Echo estuvo a punto de poner en blanco los ojos cuando Rhys fue a buscar la bandeja de comida. Una que otra sonrisa coqueta y un sustancioso cúmulo de frustración no significaba que debía dejarle su destino amoroso al destino. Diablos, ella ni siquiera estaba segura de creer en el destino.

—Aquí está —dijo Rhys, tomando un control y encendiendo el proyector. Una enorme lista de películas y series de televisión aparecieron en pantalla, y él le pasó el control a Echo—. Elige tú, ya que soy demasiado romántico.

Se sentaron sobre la manta mientras Rhys destapaba los platos de comida. La boca de Echo enseguida empezó a hacerse agua, desde el momento en que vio a Duverjay dejando entre los platos dos filetes mignons perfectos, junto con champiñones salteados y espárragos a la plancha.

—Ah, creo que nos estamos saltando una parte importante —dijo Rhys—. Decide qué te gustaría ver, ya vuelvo.

Él dejó la sala por el pasillo, seguramente camino escaleras abajo. Echo fue saltando de película en película de su lista, sorprendida de lo versátil y de la variedad de cada selección. Aunque había muchas películas recientes de acción, tenía Harry Potter en la lista junto a un gran número de clásicos antiguos.

Rhys apareció con dos enormes copas y una botella de vino tinto, luciendo complacido consigo mismo.

—Por favor, dime que te gusta el vino —dijo sentándose a su lado.

Echo se rio.

—Sí, por supuesto. Trabajé como camarera en la universidad, por lo que sé algo de vinos.

Rhys parecía aliviado.

—Solo he tenido una cita desde que llegué a Nueva Orleans y a la chica no le gustaba el vino. Ella solo bebía *amaretto sour*, una mezcla de amaretto con jarabe y limón.

Rhys se encogió de hombros, mientras Echo estallaba en risa.

—Eso es horrible —dijo ella mientras aceptaba la copa. Vio cómo Rhys tenía problemas para sacar el corcho de la botella—. Ven, déjame hacerlo. Soy una profesional.

Rhys alzó una ceja escéptico, pero le dio la botella y el sacacorchos. Cuando Echo logró destaparla y servir el vino sin problema en sus copas, Rhys la miró con admiración.

—¡Qué habilidad tan útil! —dijo.

—Es bastante útil cuando he tenido un mal día —bromeó, dejando la botella a un lado y bebiendo algo de vino. Era un profundo y dulce *cabernet sauvignon*, y Echo pudo percibir que se trataba de una excelente y muy costosa cepa de vino.

—¿Lo sacaste de la bodega? —preguntó sorprendida.

—Ah... —Rhys le dedicó una mirada con picardía—. A decir verdad, la tomé de la habitación de Gabriel. Siempre tiene un bar lleno de buenas botellas para cuando trae chicas a casa.

—No te juzgo —dijo Echo—. Al menos, tiene muy buen gusto en vino.

—Está un mundo por debajo de los vinos que solía beber en Tighnabruaich. Siempre me ha gustado el vino, pero estos son tan claros y tan suaves —dijo Rhys, revolviendo el cabernet en su copa—. ¿Elegiste alguna película?

—Vi que Harry Potter está en tu lista. ¿Ya la viste? —preguntó Echo.

—Nunca.

—Oh, bueno, tenemos que verla entonces.

—Siempre pensé que los brujos de verdad las encontrarían tontas —dijo Rhys, dándole una mirada curiosa—. Ya que usualmente las brujas jóvenes utilizaban la mayor parte de su tiempo para practicar, por lo que no creí que te gustaría ver algo sobre ese mundo.

—Me gustan porque son tontas. No practiqué magia por mucho tiempo al crecer, así que aún era divertida para mí. Siendo honesta… Rhys, yo no tengo demasiado control sobre mis poderes.

Rhys tomó un sorbo y asintió.

—He notado que pareces insegura de ti misma durante las batallas —dijo—, pensé que me dirías esto eventualmente si deseabas que lo supiera.

Luego de que comenzó la película, Echo no volvió a decir una sola palabra, así que Rhys devoró su plato de filete con vegetales sin insistir en hablar del tema. Comieron en silencio, con creciente interés en la película y la comida. La cocina de Duverjay había sido más que excelente desde el primer momento en el que Echo puso un pie en la mansión; la comida nunca la había decepcionado.

Después de cenar, Rhys tomó la bandeja, la colocó sobre la mesa y acomodó algunas almohadas del mueble, recostándolas para crear un espacio más cómodo para ambos.

Sin interrumpir la película, atrajo a Echo a su lado, acomodándola en su costado, pasando un brazo sobre sus hombros. Ella se acomodó sobre él de forma instintiva, y la combinación de tanta comida y el calor de su cuerpo la arrullaron hasta dormir.

Cuando despertó, hacía mucho tiempo que había terminado Harry Potter, y Rhys estaba viendo un documental de

Martin Luther King Jr. con una expresión de intensa concentración. La cara de Echo estaba enterrada en el cuello de Rhys, con la cortina de su cabello entre ambos. Echo se sentía muy avergonzada de haberse arrimado contra él en su sueño, aunque era de esperarse. Habían compartido cama varias noches hasta ahora, y Echo estaba bastante segura de que habían dormido abrazados la mayoría de esas horas. Echo se permitió embriagarse de su maravilloso aroma antes de alejarse de él, rascándose el rostro. Por suerte, no le babeó encima durante su siesta inducida por la comida.

—Uh… Hey —dijo ella, sintiéndose algo apenada.

—Hey, tú —dijo Rhys. Distraído, volvió su cabeza y rozó sus labios con las mejillas de Echo, cerca de su oreja. Fue un toque casual, pero Echo seguía adormecida. Sin mencionar que sus hormonas estaban hechas un desastre por culpa de él; por ahora, su mente sucia tenía urgencia de saber cómo se sentían sus labios en cualquier otra parte de su cuerpo.

Echo sintió un escalofrío por el roce de sus labios, y Rhys despegó su atención del documental, mirándola con una expresión de preocupación. Sus brazos se apretaron alrededor de sus hombros y en un instante, sus miradas se encontraron. Echo miró fijamente Rhys, con la curiosidad a flor de piel. Se lamió los labios y levantó su barbilla un milímetro, haciendo que los ojos verdes de Rhys se oscurecieran con deseo. Él se giró y se inclinó hacia ella, sorprendiéndola con un segundo beso en la mejilla nuevamente, justo al lado de su oreja. Y esta vez sus labios rozaron, mientras su barba le hacía cosquillas en el cuello.

Rhys subió una mano, acomodándola en la parte de atrás de su cuello, mientras su pulgar tocaba su quijada. Haló su cabeza hacia atrás, dejando el camino libre a su cuello antes de presionar sus labios y su nariz contra su pulso, sin poder contener un gruñido desde el fondo de su pecho.

Sus labios y sus dientes jugaron en su cuello, explorando

todos los lugares sensibles hasta llegar a su hombro, y el cuerpo de Echo respondió de verdad esta vez. Pudo sentir su pecho tensándose con necesidad, sus pezones erectos como piedras. Su piel se sentía demasiado apretada, demasiado caliente; un escalofrío recorrió todo su cuerpo, al tiempo que su pulso comenzaba a acelerarse. Y Rhys apenas había intentado tocarla. Continuó besándola rápidamente por su cuello y sus hombros, mientras sus dedos fuertes y varoniles sostenían su cabeza en su lugar. Echo dejó escapar un gemido sordo y puso sus manos sobre sus hombros, tratando de besarlo.

Rhys no cedió ni una pulgada, en vez de eso, rozó sus labios, trazando una línea desde su barbilla hasta la oreja. Empezó a jugar con la punta de su lengua, mordiendo el lóbulo y soplando un poco, volviéndola loca. Echo se mordió los labios y se apretó más contra él, atrapándolo entre sus muslos haciendo que el escalofrío llegara hasta sus piernas. Rhys besó cada uno de los puntos de su boca y sus labios se despegaron enseguida. Apretó más el agarre de su cuello, deteniendo el movimiento de su cuerpo, acercando sus labios hacia su cuerpo, y alejándose cuando ella trataba de besarlo.

—Relájate, Echo —dijo Rhys. Ella abrió sus ojos y le dedicó una mirada, sonrojándose ante la intensa satisfacción en su cara. Ella lo deseaba, sí. Y él solo jugaba con ella, asegurándose de que ella supiera que él tenía control.

—Solo bésame —demandó, entrecerrando sus ojos.

—Mmm —Rhys murmuró, de forma evasiva—. Paciencia.

Él la soltó en su lugar, sorprendiéndola mientras tomaba los pliegues de su camiseta y la deslizaba por encima de su cabeza, lanzándola a un lado. Él no pidió permiso, pero su mirada nunca dejó de ver sus ojos, mientras tocaba sus brazos, sus caderas, sus costillas.

Rhys lamió su labio inferior mientras pasaba uno de sus dedos por debajo de la tira de su sostén, halando de él y soltándolo en un *snap*. La respiración de Echo se fue acelerando mientras él rozaba con la punta de su dedo el borde de sus senos, y ella no podía resistir el deseo de sentir cómo la tocaba.

—Quiero quitártelo —dijo Rhys, tomando una de las copas con un dedo y quitándola de su pecho.

Echo tragó, levantando su barbilla para enfrentarlo.

—No hasta que me beses primero —insistió ella.

Rhys sonrió, y Echo sabía que él diría lo mismo.

CAPÍTULO DIEZ

hys

Sí, Rhys había intentado sacar una respuesta de Echo, y lo consiguió. Su rubia y sensual posible compañera fue despojada de su camisa y quedó tan solo en un brasier de encaje rosado, con sus carnosos labios suplicando un beso. Justo en ese momento, Echo lo observaba con una mirada rebosante de deseo, mientras Rhys luchaba por mantener sus impulsos primarios en su lugar.

Él culpó a la lencería que ella llevaba; en sus días, las mujeres solían estar o totalmente vestidas o sin nada de ropa, y como era de esperarse, no había nada más encantador que una mujer que se mostraba con una opción intermedia. Aunque Rhys ya había visto fotos de modelos llevando este tipo de ropas y había investigado los atuendos de la mujer moderna por internet, el ver a Echo en ropa interior fue infinitamente más excitante. Intentó no mirar su brasier, pero la forma en que la fina tela quedaba pegada a su cuerpo le hizo querer ver lo que había bajo esos jeans ajustados.

Él solo quería dejarla completamente desnuda, voltearla y dejar su indudablemente perfecto trasero en el aire, y follarla hasta que se hartara de gritar su nombre. Si alguna vez hubiera sentido tanta tentación por una chica en Escocia, sin duda la habría tomado en un pasillo de algún oscuro castillo.

Desafortunadamente, Echo no era ninguna moza lujuriosa. Primero que todo, ella era moderna. Segundo, ella sería su compañera, y lo último que Rhys quería era arruinar las cosas entre ellos apresurándose. Solo porque sabía que terminarían juntos no era razón para impacientarse. La chica que sería la madre de sus hijos merecía el sol y la luna, no una simple revolcada como lo haría cualquier animal en celo.

—No, a menos que me beses primero —le respondió mientras jugaba con su brasier.

Bueno, si era un beso lo que quería...

Rhys deslizó sus manos por la cintura de Echo y la volteó, bajando su rostro hacia el de ella. Él esperó, con sus labios a un latido de los de ella, alargando el momento tanto como pudo. Echo resopló, dejando al descubierto su hambre y deseo. Se inclinó hacia él, con su piel desnuda tocando sus brazos, y sus ojos totalmente cerrados. El momento perfecto.

Rhys juntó sus labios con los de ella, saboreando para sí los sonidos de placer que producía. Su boca era todo lo que deseaba, tan tibia y dulce, invitándolo a seguir. Rhys fue haciendo el beso más apasionado, buscando una respuesta del cuerpo de Echo. Ella respondió a cada estocada, moviendo su lengua experta y haciendo latir su pene bajo su ropa. Rhys volvió a deslizar su mano por su espalda hasta su brasier, tratando de mantenerse enfocado en Echo, al mismo tiempo que soltaba el fino encaje de sus ganchos. Logró su cometido unos segundos después, luego subió por sus hombros y sugetó las tiras hasta dejarlas caer. Observó cada una de sus expresiones, disfrutando del color rojo que se iba apoderando de sus mejillas mientras el deseo crecía en sus ojos.

Rhys la besó con fuerza mientras le retiraba por completo la prenda, tomándose un momento para admirar sus senos desnudos. Eran grandes y tiernos, perfectamente redondos, con unos pezones rosa pálidos que le hacían agua la boca y ponerse aun más duro. Acercándose más a Echo, Rhys observó su rostro con atención mientras se sonrojaba con el tacto de su pulgar sobre uno de sus pezones endurecidos. Sus ojos tenían una mirada lujuriosa y su piel respondía a su excitación. Ella humedeció sus labios lentamente con su lengua sabiendo que Rhys la observaba, y súbitamente sintió la necesidad de verla liberada del deseo, de marcarla de forma inolvidable.

Rhys acomodó a Echo de espaldas a las almohadas y la presionó contra el mueble, haciendo que su espalda se arqueara y se alzaran sus senos. Deslizó una mano por su cintura, acariciando sus costillas mientras subía por su costado, hasta alcanzar sus pechos. Esos orbes cremosos eran más grandes que sus manos, firmes y cálidos al tacto.

Rhys se inclinó a la altura de ellos, incitándola mientras exploraba con su boca el valle entre sus senos. Echo se retorcía, y Rhys pudo sentir cómo se excitaba, a pesar de la ropa que aún le quedaba puesta. Incapaz de esperar más tiempo, Rhys atrapó uno de sus pezones en su boca, lamiéndolo lentamente. El fuerte gemido de placer de Echo casi le hizo perder el control. Atormentándola, Rhys no se detuvo ni por un segundo, mordiendo, lamiendo y apretando ambos senos hasta hacerla rogar por más.

—Rhys, por favor... —dijo Echo mientras su dedos se apretaban a su camiseta.

—¿Por favor, qué? —preguntó, liberando su pezón.

Echo jaló su ropa unos milímetros hasta prácticamente

habérsela arrancado, haciéndole gesticular una mueca. Su sonrisa solo creció cuando la vio admirando su cuerpo desvergonzadamente. Ella se mordió el labio y exploró sus hombros, su pecho y su estómago con caricias suaves.

Cuando sus dedos empezaron a bajar lentamente por sus abdominales hasta la cintura de sus jeans, su cuerpo sintió un escalofrío involuntario, flexionando sus músculos. Echo volvió a lamer sus labios y Rhys perdió su paciencia.

—Lámete los labios de nuevo frente a mi pene —dijo Rhys—. Te reto, señorita.

La mirada de Echo se volvió enseguida a la de él, sonrojándose por completo.

—Yo... yo... —empezó, pero Rhys ya no tenía paciencia. Se puso de pie y atrapó a Echo en sus brazos, cargándola desde la sala hasta su cuarto.

Lanzó a Echo sobre su cama y se desabrochó los pantalones sin quitárselos. Nunca comprendió mucho la ropa interior, la sentía demasiado restrictiva, sin embargo, pensó que Echo aún no estaba lista para ver el espectáculo completo.

Sus jeans, por otra parte, se los quitó enseguida. Tal y como lo había imaginado, ella tenía puesta una minúscula tanga rosada de encaje. Rhys frotó sus manos contra sus abdominales mientras gruñía para sí mismo, guardando esa imagen en su memoria.

—Voltéate —le dijo, girando su dedo en el aire—. Creo que necesito ver el combo completo.

Echo arqueó sus cejas con sorpresa, mientras su corazón latía aceleradamente. Después de unos segundos se volteó, se colocó sobre su estómago y, sin darse cuenta, le dio a Rhys material de por vida para sus fantasías. Su trasero era perfecto; sus piernas, largas y sensuales, y asomaba entre ellas la pequeña tira rosada de encaje que se veía perderse en las curvas de su culo.

—Demonios, señorita. Me vas a matar —dijo Rhys.

Él gateó hasta la cama y atrapó sus piernas con las rodillas. Recorrió con sus manos desde el inicio de su espalda hasta el interior de sus muslos, notando cómo ella temblaba por las atenciones que le estaba dando. Una vez más, se irguió sobre ella, apretándole sus nalgas con fuerza, abriéndolas hasta ver su lencería una vez más. Tomó una de las tiras de las bragas entre sus dedos, cerca del inicio de sus nalgas.

—Voy a quitarte estas —le dijo a Echo.

Ella giró su rostro para mirarlo fijamente por un momento, y luego asintió. Se había vuelto muy dócil respondiendo a su dominancia, pero el fuego de la pasión en sus ojos era claro. Tan claro como la humedad en sus bragas mientras Rhys se las quitaba. Finalmente, Echo estaba desnuda frente a sus ojos, con sus piernas abiertas sobre su cama, lista para sus manos. Rhys bajó su torso, besando su espalda hasta llegar al borde de sus nalgas abiertas, disimulando una sonrisa al ver cómo ella se tensaba, insegura de sus intenciones. Se alejó por un momento, liberando sus piernas.

—Vuelve a voltearte, señorita. Quiero ver tu rostro —le dijo.

Echo se giró sin dejar de mirarlo de cerca. Rhys la guió hasta ponerla tal como quería, con sus rodillas recogidas sobre la cama. Abrió sus piernas apoyándose sobre sus rodillas, sonriendo seductoramente mientras sentía cómo ella se resistía, luciendo avergonzada.

—Rhys... —dijo ella, mostrándose incómoda por primera vez desde que se conocían.

—Deseo verte, Echo. Quiero ver todo de ti —dijo Rhys—. Deseo hacerte sentir muy, muy bien.

Echo apretó sus labios hasta convertirlos en una línea fina y firme, y lo dejó abrir sus piernas, mostrándole su húmedo y rosado sexo. Rhys la admiró por un largo rato, antes de flexionarse y acomodarse a su lado. Ella ancló una de sus piernas sobre sus caderas, dándole acceso completo a su cuerpo.

—Eres exquisita —murmuró Rhys sensualmente su oído
—. Espero que lo sepas.

Fue paseando la punta de sus dedos lentamente sobre su ombligo hasta su cadera, luego siguió hasta su rodilla y de nuevo hasta el interior de sus muslos. Ella se tensó un poco, pero Rhys se tomó su tiempo, tentándola, excitándola, enroscando su oscuro cabello púbico rubio, despeinándolo con la punta de sus dedos.

El aire se llenó con su aroma, como una embriagante neblina que tenía al oso de Rhys a punto de escapar. Ignoró las imágenes sucias que se acumulaban en su mente, imágenes de él llenando y follando cada uno de los agujeros de su compañera en toda posición imaginable.

Rhys delineó sus labios mayores con la punta de los dedos, mientras veía el deseo de Echo crecer, observando una fina línea de transpiración bajando por su piel. Él deseaba sentir cómo ella hacía lo mismo con él, pero cuando sus dedos comenzaron a buscar el cierre de su pantalón, él gentilmente los alejó. Echo le lanzó una mirada de frustración, pero Rhys únicamente sonrió y recorrió sus labios menores con sus dedos, lentamente, arriba y abajo, lo suficiente como para hacerla temblar.

El cuerpo de Echo empezó a humedecer las cobijas bajo su piel; su respiración ya era pesada y rugía de deseo y frustración, solo entonces fue cuando Rhys comenzó a hacer círculos con su pulgar alrededor de su clítoris.

—¡Ah! —chilló Echo, moviendo sus caderas hacia él.

—Relájate —la reprendió Rhys, cambiando de lugar sus piernas y moviéndose hasta quedar arrodillado sobre ella.

No lo había hecho nunca, pero había visto suficiente pornografía moderna. No había comprendido el deseo de probar ese tipo de actividades hasta hacía cinco minutos, y de repente, sintió un deseo desesperante de probar a su pareja... Íntimamente.

Echo le dedicó una mirada que estaba en algún lugar entre el deseo salvaje y el miedo absoluto, y Rhys se sorprendió al ver que este momento podría, de hecho, ser importante para ambos. Echo se rindió a su control y, en respuesta, él se comprometió a cumplir con su misión de llevarla al clímax.

Por alguna razón, explorar a Echo con su lengua le surgía de forma natural. Enterró su rostro en su entrepierna, inhalando profundamente su esencia, dejando besos suaves en sus partes más sensibles. Cuando abrió sus labios con los dedos, ella estaba empapada por él. Él expuso un pequeño bulto rosa en la punta de su sexo, trazando delicadas líneas con la punta de su lengua en ese punto. Echo casi sale de su cuerpo mientras su espalda se doblaba, y chillaba. Una de sus manos apretó la cabeza de Rhys y la otra se aferró a las cobijas.

Rhys cerró sus ojos, mientras dibujaba círculos con su lengua por su carne más suave y tierna. Se mantuvo constante, dándole suaves toques. Sabía exactamente cómo quería que ella acabara y no quería apresurarse en llegar todavía. Mientras lamía su clítoris, fue introduciendo su dedo lentamente dentro de ella. Su cuerpo estaba estremeciéndose del deseo, aceptando primero uno, luego dos dedos fácilmente, mientras su interior los apretaba de una forma que su pene empezó a latir con desesperación

Cuando finalmente tuviera a su pareja, ella sería increíble; como era de esperar para él, ella lo mantendría convertido siempre en bestia de no ser por su fuerte autocontrol. Rhys nunca antes había probado a una mujer de esta forma, pero complacer a una con sus manos no era nada nuevo. Mientras él besaba y lamía su clítoris, iba moviendo su mano, rotándola, curvando sus dedos apuntando hacia su ombligo, esperando...

—¡Ah! —gritó Echo, moviéndose contra sus dedos—. Rhys, ¡sí! Oh, oh...

Rhys presionó sus labios fuertemente contra su clítoris y lo chupó gentilmente, tocando un tatuaje con la punta de los dedos, sintiendo cómo lo apretaba desde su interior. Echo tardó solo un minutos antes de explotar de placer, mientras un quejido salía de sus labios y su cuerpo se tensaba con la boca y los dedos de Rhys. Su cuerpo fue relajándose e incorporándose lentamente, ayudada por Rhys, que la guiaba fuera del placer hasta finalmente volver con él.

Echo se enredó al lado de Rhys, besándolo lenta y profundamente, tomando el control de la situación, y a Rhys no le molestó. La sensación de besarla mientras algo de su flujo quedaba en sus labios y lengua era muy erótica, al igual que la sensación de tenerla entre sus brazos. Era irremplazable.

A medida que el beso de Echo se volvía cada vez más profundo y sensual, su mano empezó a acariciar su abdomen; él atrapó su mano curiosa, mientras la subía a su boca. "Mañana", le dijo, esperando no arruinar el momento. Esta noche se trataba de Echo, dedicada exclusivamente para mostrarle qué podía ofrecerle como su pareja, dándole una buena razón para volver a su cama noche tras noche. Una razón para rechazar, sin ningún tipo de remordimiento, a cualquier otro que no fuera Rhys.

Por desgracia, Echo no se sentía satisfecha con su respuesta. Su decepción era evidente.

—Piensas que te haré daño —dijo, luciendo herida.

—¿Qué? —preguntó Rhys.

—Piensas en lo que le hice a esa criatura... Esa criatura que vimos en la casa de Ti-Elle. —Chasqueó los dedos para indicar su desaparición mientras Rhys pensaba en ello por un segundo.

—El íncubo —dijo él, finalmente.

—Sí. Tú piensas… Quiero decir, crees que no controlo bien mis poderes —dijo Echo.

—Señorita, yo no pienso eso —dijo Rhys atrayéndola hacia él, mientras ella se alejaba.

Trepando fuera de la cama, ella recuperó sus bragas, lanzándole una última mirada antes de salir de la habitación. Rhys se relajó sobre la cama, preguntándose cómo Echo pasaba del placer a la ira con tanta rapidez.

¿Qué había hecho mal?

cho

Echo suspiró mientras se colocaba un vestido color oliva que había encontrado en su aparentemente amplio guardarropa, preguntándose quién era el encargado de seleccionar y comprar su ropa. No podía imaginar a Duverjay seleccionado los vestidos, las bragas y las sandalias, quizás porque ella solo podía verlo en su atuendo formal.

"No, Echo, no puedes ayudar a encontrar a tu tía", se dijo a sí misma, mascullando y remedando el acento de Rhys. "Déjanos hacer nuestro trabajo, Echo. Quédate en casa, Echo".

Echo se miró al espejo, mordiéndose el labio. El vestido le quedaba ajustado a su cuerpo en los lugares correctos, y el corte del cuello lo suficientemente bajo para mostrar su escote. Tomó un par de zapatos de tacón bajo y se recogió el cabello con una flor. Todo como parte de su plan para atormentar a Rhys, quien se había comportado muy distante con ella y la había obligado a no formar parte del rescate de su tía secuestrada.

—No logro entenderte —murmuró Echo, aunque Rhys no estaba cerca para escucharla—. Dices que no puedes alejarte de mí, pero no quieres que te acompañe. No puedes ser tan indeciso.

A decir verdad, la relación se había vuelto extraña mayormente por Echo. Estaba investigando sobre sus habilidades, tratando de aprender a evitar que Rhys se convirtiera en urso si lograba volver a estar cerca de él.

Y claro que ella quería eso. La atracción por Rhys era más fuerte que antes, y parecía crecer con el tiempo. Parcialmente, era su curiosidad; la otra parte era la química mágica y cósmica entre ellos… y quizás una minúscula parte era por la lujuria de Echo.

Pero claro estaba, nada de eso significaba que ella debiera arriesgar su bienestar.

Echo suspiró y bajó las escaleras, pero esta vez no vio a Rhys, sino a Aeric. Últimamente había tenido mucho tiempo libre mientras Rhys estaba ocupado, por lo que Echo había formulado un plan para encontrar a Ti-Elle, un plan que estaba segura de que funcionaría.

El problema era que necesitaba un espejo adivino para encontrar a Ti-Elle, y alguien que le cuidara la espalda. Todavía dudaba de sus habilidades mágicas. No quería cometer ni el más mínimo error que pudiera tener repercusiones catastróficas, por lo que necesitaba a alguien con más experiencia que se quedara a su lado mientras usaba el espejo.

Tras cierta consideración, escogió a Aeric. De los tres guardianes, Aeric parecía el más dispuesto a ayudar a Echo sin sentir la necesidad de contarle cada detalle a Rhys. Gabriel y Rhys eran muy unidos, pero Aeric no parecía ser amigo de nadie.

Echo encontró a Aeric solo en la sala de estar del primer piso, sentado en la gran mesa de conferencias. Estudiaba un enorme libro de cuero agrietado marrón, moviendo los labios en silencio mientras leía. Lo miró desde la distancia, dándose cuenta de que su perpetua expresión de enojo ocultaba lo apuesto que era.

Su cabello rubio estaba impecablemente arreglado, lo bastante largo para lucir asombroso partido a un lado y peinado hacia atrás. Era tan alto como Rhys y más fornido; su torso no se podía asemejar más al tronco de un árbol.

Echo tomó una botella de agua del refrigerador de la cocina y se acercó hacia él, tratando de parecer casual.

Sus nervios arruinaron cualquier intento de ser suave cuando dejó caer la botella sin destapar sobre la mesa. Rebotó y aterrizó justo en el libro, haciendo que Aeric pusiera mala cara y empujara la botella lejos.

—¿Qué demonios haces? —gruñó—. Este libro tiene seiscientos años.

Los labios de Echo se abrieron en sorpresa, pero no sabía qué responder a eso. Ante el hecho de enfrentar la actitud despiadadamente hosca de Aeric, su atracción momentánea hacia él se desvaneció.

—Lo siento —dijo, tomando su botella de agua de la mesa —. Fue un accidente.

Cuando se sentó a la mesa, a su lado, Aeric levantó una ceja.

"Sí que tienes las agallas para sentarte a mi lado", parecía decir.

Echo luchó por evitar voltear sus ojos. Quizás cada vez que Rhys la frustrara, debía pensar en cómo sería estar emparejada con Aeric por el resto de sus días. Eso debería hacerla apreciar al hombre grande y mandón que cuidaría de ella toda su vida.

—Necesito hablar contigo —dijo Echo, ignorando la

penetrante mirada de Aeric—. No puedo quedarme aquí en la mansión para siempre, sin importar lo que piense Rhys. Tengo un trabajo y una vida a la que debo regresar.

Bueno, al menos la parte sobre su trabajo era cierta, pensó Echo por un momento. Sobre su vida social… bueno, no tanto.

—¿Por qué me estás diciendo esto? —preguntó Aeric, cerrando su libro de golpe. Las letras doradas en la portada llamaron la atención de Echo; la mayoría del título era incomprensible, quizás por estar en alemán, pero la palabra *Magick* era bastante clara.

—Porque no puedo salir de aquí hasta que el asunto del supuesto Pere Mal se resuelva. La única persona fuera del círculo de Pere Mal que nos puede dar información sobre lo que trama es Ti-Elle, y es su prisionera. Por lo tanto, — explicó Echo— necesito encontrar a Ti-Elle. Ha estado perdida por casi una semana, y ustedes no la han encontrado aún. Es momento de intentar algo diferente.

Aeric la miró por unos momentos antes de responder.

—¿Y acaso piensas que puedes encontrarla? —preguntó, mordiendo el anzuelo. Echo casi chillaba de la emoción, pero se contuvo.

—Al menos, tengo una idea —dijo, dejando que su sobre-entendida crítica sobre las habilidades predictivas de los Guardianes flotaran en el aire—. Pero también tengo una condición.

Aeric resopló y cruzó sus brazos, recostándose sobre su asiento.

—Necesitas mi ayuda y tienes una condición. Maravilloso.

Echo se sonrojó, pero se rehusó a dejar que la amargura de Aeric la acobardara. Recostó sus codos sobre la mesa y le dio una mirada seria.

—Tu trabajo es proteger la ciudad —explicó—. Pere Mal

es una gran amenaza para el mundo, no solo para Nueva Orleans. Podría ayudarte tanto como tú me ayudarías a mí.

Echo podría jurar que vio los labios de Aeric retorcerse, con algo de humor brillando en sus ojos. Tenía la impresión de que él sentía algo de pena por Rhys por quedar atrapado con alguien quien Aeric claramente encontraba fastidiosa.

—¿Cuál es tu condición entonces? —preguntó.

—No quiero que le digas a Rhys. Si esto funciona, quiero que vayas y encuentres a Ti-Elle, y creo que ambos sabemos que Rhys podría tener un problema con eso.

Aeric carraspeó con incredulidad.

—Seguro que lo tendría.

—¿Entonces? —preguntó Echo.

Aeric la estudió por un momento, luego negó con la cabeza. Echo pensó que la rechazaría, pero un segundo después la tomó por sorpresa.

—Escuchemos tu idea, entonces —dijo Aeric, colocando el libro a un lado.

—Necesitaré el espejo adivinador —dijo Echo, mordiendo su labio por un segundo antes de añadir algo más — y un lugar privado para usarlo.

Aeric entrecerró sus ojos antes de asentir lentamente.

—Reúnete conmigo en el segundo piso en veinte minutos —dijo. Tomó el libro y salió por la puerta trasera, dirigiéndose hacia el gimnasio.

Cuando desapareció, Echo volvió al cuarto de invitados de Rhys y cambió sus tacones por sandalias. Caminó de un lado a otro mientras miraba una revista por unos cuantos minutos. Cuando dejó el cuarto de invitados, buscó su bolso y sacó su navaja suiza, llevándola consigo.

Cuando bajó las escaleras centrales hacia el primer piso, vio que Aeric había dejado la primera puerta abierta. Ella corrió a hurtadillas y se apresuró a entrar, deteniéndose a unos cuantos metros, con la boca abierta de par en par.

Aunque la sala de estar de Aeric tenía la misma forma que la de Rhys, los dos cuartos no podían verse más diferentes. En primer lugar, el recibidor de Aeric estaba forrado de pies a cabeza por escaparates llenos de libros de todas formas y tamaños, cubriendo cada espacio, a excepción del ventanal al fondo del salón.

Por otro lado, los muros y libreros eran totalmente negros, y el suelo estaba cubierto de pieles negras. Había unas pocas piezas de decoración minimalista colocadas cerca del ventanal, y aunque Aeric tenía una mesa idéntica a la de Rhys, esta había sido pintada de negro. Demonios, hasta el techo era oscuro, con telas del mismo color colgando para hacer ver el salón más pequeño y oscuro.

La parte más extraña era que la adorable ventana estaba cubierta con cortinas negras para bloquear la luz del día, lo que significaba que la única fuente de iluminación en la habitación era unas cuantas luces tenues colocadas sobre el mesón de la biblioteca.

—¿Te vas a quedar ahí todo el día? —preguntó Aeric, dándole una mirada aburrida.

—N... no... —dijo Echo, cruzando sus brazos mientras caminaba hacia el mesón.

Aeric había dejado un espejo adivinador ornamentado en el mesón, con una libreta y un lápiz a la mano en caso de que Echo necesitara tomar notas.

Echo tomó su navaja suiza, y Aeric levantó la ceja con gesto de interrogación.

—Voy a realizar la adivinación con sangre —dijo Echo—. Leí sobre eso ayer, sobre cómo aquellos que están conectados profundamente pueden ser vistos a través de la sangre del otro.

Aeric frunció sus labios, y luego asintió lentamente.

—Se podría hacer, si el lazo es muy profundo. Usualmente debe ser un familiar —dijo.

—Funcionará —dijo Echo, su tono serio buscaba reforzar la poca fe que tenía en su plan.

—Adelante entonces —dijo Aeric encogiéndose de hombres.

—Muy bien. Solo... —Echo dudó—. Si algo sale mal, quiero que me detengas. Golpéame en la cabeza si es necesario, ¿sí?

Un músculo hizo tic en la mandíbula de Aeric, pero solo le dio un gesto de indiferencia. Echo tomó eso como un sí, por lo que se acercó al espejo para empezar su trabajo.

Usó la navaja para cortar su mano izquierda, tratando de no retorcerse por el dolor de la pequeña cuchilla. Le dio a Aeric una mirada nerviosa, presionó su mano abierta contra el espejo adivinador y cerró sus ojos. Concentrándose en Ti-Elle y en su historia juntas, Echo invocó los lazos que las unían.

Con la idea fija en su mente, el funcionamiento interno del espejo adivinador apareció frente a Echo como un mapa infinito de circuitos finamente armados, todos conectados a una enorme matriz. Secciones grandes y pequeñas se iluminaban y atenuaban mientras Echo eliminaba los miles de pensamientos extraños en su mente, alejando todo lo que no conectara con Ti-Elle.

El sudor salía de la frente de Echo mientras algo pasaba por su mente. Se enfocó en eso tanto como pudo, intentando acercarse al circuito correcto. Un gemido frustrado salió de sus labios cuando la fuerza de su hechizo la sobrepasó y la expulsó en espiral, alejándola de la conexión que necesitaba encontrar.

—Demonios —dijo Echo, abriendo los ojos.

Aeric la estaba mirando con algo parecido a una verdadera preocupación.

—No te habías movido por una hora —le informó—.

Estaba así de cerca de dejarte inconsciente. Rhys me cortaría la cabeza si dejo que te lastimes.

Echo exhaló y se limpió la frente con su mano limpia. Alejó la otra mano del espejo, ahora pegajosa por la sangre coagulada, y suspiró.

—Me sobrepasé un poco —admitió Echo—. Mi poder mágico ha funcionado de forma extraña desde que llegué aquí. A veces no tiene límites y otras es muy débil.

—Y ahora es débil, ¿verdad? —preguntó Aeric. Le tendió una botella de agua y le hizo señas, indicando que debería tomar un poco.

—Sí —dijo Echo, destapando la botella y tomando un gran sorbo.

—Es Rhys.

Echo entrecerró sus ojos y bebió más agua.

—¿A qué te refieres? —preguntó, insegura de si realmente quería saber.

—Brujas…

—Soy una médium —destacó Echo, no le gustaba esa palabra.

Aeric le dio una mirada impaciente antes de continuar.

—Las médiums son un tipo de bruja —dijo, sacudiendo su mano con desdén—. Como iba diciendo, las brujas reciben poder y estabilidad de sus parejas. Me sorprende que no lo sepas.

Echo bajó la botella y consideró sus palabras.

—No he tenido ninguna médium a quién preguntarle —respondió.

—Debiste haber heredado esa habilidad de tu madre —le contó Aeric—. Así es como todos reciben el don.

—Pues, mi madre murió —soltó Echo—. Ella ya no pudo o no quiso contarme sobre estas cosas. Ti-Elle es la única *bruja* en mi familia, y tiene habilidades diferentes.

—Una bruja Gris-Gris —murmuró Aeric.

—¿Qué? —preguntó Echo.

—Nada, nada —dijo Aeric, meneando la cabeza—. No sabía lo de tu madre.

Echo perdió su paciencia.

—No importa. Regresa a lo que estabas diciendo, sobre las parejas.

—Sí —dijo Aeric, asintiendo—. Las brujas son como... pararrayos, por así decirlo. Ellas atraen el poder del mundo a su alrededor, pero lo atraen en forma de enormes y veloces ráfagas de magia. Sus almas gemelas les ayudan con el balance, almacenan la energía. Evitan que a la bruja le estallen sus...

Aeric tomó una pausa, obviamente tratando de encontrar la palabra correcta.

—¿Fusibles? —sugirió Echo.

—Fusibles, sí.

—¿Y cómo puede su alma gemela hacer eso y no ser... tú sabes, impactado por un rayo? —preguntó Echo, dejando que sus pestañas cayeran sobre sus ojos. Ella deseaba desesperadamente tener esta conversación con cualquier otro, menos con Aeric, pero necesitaba saber la respuesta más de lo que le importaba proteger su modestia.

Aeric sonrió, revelando sus perfectamente blancos dientes.

—Las parejas están protegidas. No podrías estallar los fusibles de Rhys, Echo.

Las mejillas de Echo se pusieron rojas como tomates, y tuvo que respirar profundamente para ignorar el asombro repentino de Aeric.

—Terminemos con esto, ¿bien? Ya casi lo tenía la última vez —murmuró Echo.

—Un momento, antes de empezar —dijo Aeric, levantando un dedo.

Salió del cuarto, y regresó unos minutos después con un paquete de ropa en una mano.

—Toma —dijo mientras le entregaba el paquete.

Sin preguntar, Echo reconoció que pertenecía a Rhys. Realmente podía *oler* su esencia distintiva a seis pulgadas de distancia, lo que era algo aterrador. Echo lo tomó y apretó la camiseta en sus dedos, no porque Aeric la forzara a hacerlo, sino porque quería tomarlo. Quería todo lo relacionado con Rhys para ella sola, y por supuesto, no quería que uno de sus compañeros guardianes tuvieran su camiseta.

—Creo que me estoy volviendo loca —titubeó en voz alta.

Aeric chasqueó los dedos y tomó la camiseta de vuelta, colocándola sobre los hombros de Echo. El aroma a Rhys invadió sus sentidos, y una tensión dentro de Echo se alivió; hasta este momento, ella ni siquiera sabía que esa sensación negativa estaba presente.

—¿Mejor? —preguntó Aeric, luciendo presumido.

Echo lo miró, pero no respondió, volviendo al espejo en su lugar. Se mordió el labio y se abrió con un corte la otra mano esta vez, apuntándole el espejo.

Abrió su mente de nuevo, deseando que la amplia imagen de los circuitos apareciera. Esta vez, cuando examinó la red, sus sentidos eran mucho más claros. Sintió el cosquilleo de una posible conexión, y la siguió sin dudarlo. Manteniendo su rastreo lento pero seguro, la encontró en una sección titilante de circuitos.

—Ah —inhaló Echo. Una luz parpadeó y una pequeña pieza de información salió del rastro. Echo la tomó absorbiéndola dentro de sí, y las imágenes empezaron a tomar forma en su mente. Primero, encontró a Ti-Elle, luego comenzó a retroceder lentamente, buscando un mejor panorama de la imagen con cada paso:

Ti-Elle, tratando de abrir una cerradura en un cuarto oscuro y pequeño. Una casa de tres pisos cubierta en pintura blanca desgastada. Los números dos, dos, siete, en la puerta frontal. La calle que lucía familiar y bien decorada. El vecindario completo, con un letrero. "Bienvenido al histórico Algiers Point", decía.

—¡La encontré! —gritó Echo.

Dejó que su visión se desvaneciera, abriendo sus ojos con una sonrisa de alivio. Por un segundo, se sintió muy confundida. Luego se dio cuenta de que Aeric no estaba por ninguna parte. En su lugar, estaba Rhys, visiblemente molesto.

—Eh… escucha —dijo Echo, rascándose la nariz—. ¿Qué posibilidad había de que Aeric *no* te contara de mi plan?

—Cero —dijo Rhys, cruzándose de brazos. Sus ojos habían pasado de esmeralda a un casi negro, y parecía que se esforzaba mucho en mantener a raya su mal humor. Rhys tomó sus manos y las volteó para mirar las palmas, tensando su mandíbula al ver los cortes que ella se había hecho con su navaja suiza.

—No tenías por qué cortarte. Pude haber encontrado a tu tía sin necesidad de tu sangre —gruñó.

—¿Y cuándo ibas a lograrlo? —preguntó ella, sacando las palabras de su boca antes de pensarlas.

Rhys la soltó y empezó a dar vueltas. Cada línea de su cuerpo estaba tensa, y Echo podía verlo apretar y soltar sus puños.

—Ya sabíamos que estaba en Algiers Point. Pudimos haber dado con la casa en cuestión de horas —dijo entre dientes.

—Oh —dijo Echo, retrocediendo. Había logrado insultar su habilidad de hacer su trabajo *e* insinuado que no confiaba en él, todo con una simple oración. Ella vio cómo Rhys caminaba hasta la ventana, moviendo las cortinas a un lado para dejar entrar un poco de luz.

—Dime el número de la casa, Echo —dijo Rhys, pasando una mano por su nuca. Le tomó todo el poder a Echo evitar darle lo que él quería, solo para que pudiera aliviar la herida en su orgullo.

—Quiero ir contigo —dijo Echo.

Rhys se detuvo y, por un momento, Echo pensó que la vena a un costado de su cuello podía estallar.

—¿Intentas matarme, mujer? —gruñó—. Primero me evitas en mi cama. Luego dudas de cómo hago mi trabajo. ¿Y ahora crees que necesito una niñera mientras peleo?

Echo mordió su labio y meneó su cabeza.

—Yo no… no me refería a eso, Rhys.

Rhys se volteó lentamente para verla, paralizándola con una mirada férrea.

—No vendrás con nosotros. Te quedarás aquí, donde sé que estarás a salvo.

Echo bajó la mirada a la mesa, trazando los relieves con sus dedos.

—¡Mírame cuando te hablo! —gritó Rhys. De repente, estuvo cerca de ella, haciéndola ponerse de pie.

Echo lo miró, sorprendida ante la vehemencia de su insistencia.

—Dime que harás lo que te digo —ordenó Rhys.

—Yo…—dudó Echo.

—Juro por todos los cielos, mujer, que si pones un pie fuera de esta casa, te castigaré —le dijo Rhys—. Ahora prométeme que te comportarás.

Tras un momento de silencio, Echo asintió. Rhys analizó su rostro por un largo rato antes de soltarla. Ella pensó que simplemente se iría, pero en vez de eso la agarró y la sacó del piso de Aeric.

—No volverás a este piso nunca más —murmuró Rhys mientras la llevaba a su habitación.

Echo contuvo un apático suspiro que amenazaba escaparse, y en su lugar solo asintió. Rhys la llevó a su dormitorio y la sentó en su cama, haciéndola esperar mientras conseguía su kit de primero auxilios.

El silencio reinó mientras Rhys limpiaba y vendaba sus manos, apretando los nudos entre ellas con cada toque. Era sorprendentemente tierno, en especial después de ver la dominante necesidad de control de hacía unos minutos.

Una vez que Echo fue atendida, Rhys se sentó en la cama a su lado y puso un brazo alrededor de su cadera, trayéndola hacia él. Levantó su barbilla y tomó sus labios, dándole un hambriento y profundo beso.

Parecía que su posible pareja estaba tan afectado por su insatisfactorios acuerdos nocturnos como lo estaba Echo, lo que la hacía sentir atolondrada.

—Ahora, dime el número de la casa —dijo Rhys tan pronto terminó con el beso.

Echo frunció el ceño, preguntándose si su beso había sido intentando persuadirla de revelar la información. Una mirada en los verdes y brillantes ojos de Rhys y el lazo de pareja atado a su corazón, y sus labios se abrieron sin su consentimiento.

—Dos veintisiete, Avenida Pacific —soltó sin que Echo pudiera resistirse.

Un toque de humor salió de la expresión de Rhys mientras le daba otro beso a los labios de Echo. Pero se alejó de inmediato, dejándola ansiosa.

—Deberías esperar en mi cama para cuando vuelva —dijo Rhys, con naturalidad haciendo que Echo se sonrojara—. Creo que lo disfrutarás tanto como yo.

Con eso, se dio la vuelta y bajó las escaleras, sin duda saldría con los otros guardianes de misión. Echo sacó la lengua a sus espaldas, y se lanzó hacia la cama con un gruñido molesto.

—Idiota —susurró, pero su corazón no lo decía en serio.

Rhys era un macho alfa, la soberbia era una parte esencial

de su personalidad. Era mandón y exigente, y esas cosas lo hacían tan atractivo como molesto. No tenía caso negar que era precisamente eso lo que hacía que mojara sus bragas y que Echo quisiera tanto jalar su cabello.

Aún así, eso no significaba que tuviera que quedarse sentada y solo aceptarlo, ¿no? ¿Qué hombre querría una compañera incapaz de resistirse? Los amigos de Echo en la Universidad de Loyola tenían un nombre para las mujeres a quienes les faltaba una cierta chispa, tanto en su personalidad como en la cama: *estrellas marinas,* así las llamaban.

Los labios de Echo se retorcieron mientras reprimía una carcajada. Ella era muchas cosas, pero ninguna era ser una estrella marina. Se sentó y miró el cuarto de Rhys, pensando. Recorrió la habitación en búsqueda de una buena idea. Imaginó muchas cosas, luego las descartó por ser en su mayoría inútiles o muy cercanas a romper su palabra con Rhys.

Finalmente, una idea salió de su cerebro, y ella sonrió.

"¿Qué tal si... solo pudiera ver, sin necesidad de estar ahí? No tendría que salir de la mansión después de todo".

Echo saltó y se dirigió a la habitacion de Aeric, ignorando deliberadamente la orden de Rhys de alejarse de ese lugar. Tomó el espejo adivinador y corrió hacia la planta baja, colocando el espejo en el mesón del comedor. Ella no necesitaba sangre esta vez, su conexión con Rhys ya era tan fuerte que prácticamente la podía sentir. Estaba segura de que sería suficiente para buscarlo. Entonces, solo vería el escenario, calmando sus ansias sin desafiarlo.

Ella puso sus manos vendadas en el espejo, cerrando sus ojos. Un segundo después, gritó y se echó para atrás, sacudiendo sus dedos quemados.

—¿¿¿Pero qué demonios??? —gritó, mirando sus dedos enrojecidos—. ¿Maldijeron el maldito espejo? ¡¡¡Rayos!!!

Echo miró el espejo por unos momentos, luego lo quitó

de la mesa. Quizás la maldición estaba atada al área protegida de la mansión, como la mayoría de los hechizos de Gabriel. Por lo tanto, tenía que salir de la protección por un momento para que su hechizo adivinador funcionara.

Sonriendo ante su propia astucia, Echo prácticamente saltó en cuanto salió de la puerta principal. Unas baldosas de mármol recorrían el pórtico frontal de la mansión hacia la calle, y Echo paseó por ellas. La protección terminaba en la última baldosa, por lo que Echo se sentó en una banca a unos cuantos metros. Lo bastante cerca para esconderse en caso de peligro, pero lo suficientemente lejos como para usar el espejo. Probablemente.

Echo colocó el espejo en su regazo y puso sus manos sobre él, pero un suave sonido interrumpió su trabajo. Acomodó su cabeza, escuchando. Sonaba como... ¿alguien llorando? Levantándose, Echo colocó el espejo en las baldosas protegidas antes de girar y mirar a su alrededor. Le tomó un segundo identificar la fuente del sonido, pero eventualmente veía una pequeña figura acurrucada en el suelo, a un lado de la reja de hierro que daba con el patio de la mansión.

—Oye —llamó Ech—. Oye, ¿estás bien?

La figura se volteó, revelando una niña de cabello oscuro con un rostro lleno de lágrimas.

—¿Te encuentras bien? —intentó de nuevo.

—Perdí a mi mami —dijo la pequeña niña, con su rostro listo para producir otra ronda de llantos y sollozos.

—Está bien, no te preocupes —dijo Echo, mirando sobre su hombro. La puerta frontal de la mansión estaba abierta de par en par, lo que significaba que Duverjay aparecería en cualquier momento. Probablemente, traería a Echo físicamente de vuelta hacia la zona protegida de la mansión, dejando a la niña a su suerte.

Abriendo la reja, Echo se acercó a la niña.

—¿Por qué no entras? —preguntó Echo.

—No puedo —dijo la niña, en medio de un triste hipo.

—¿Por qué no? Podríamos llamar a la policía, y esperar sentadas en la entrada —dijo Echo, mirando de vuelta a la casa. Duverjay estaba, con certeza, bajando las escaleras, con la boca abierta. No cabía duda de que estaba por gritarle a Echo por su impertinencia.

Miró de vuelta a la niña, y la boca de Echo se secó.

Ya no estaba la pequeña niña, solo una enorme y tenebrosa criatura de piel azul pegajosa, con garras curvas deformes, y mas dientes afilados de los que podía contar.

—¡Rayos! —dijo Echo, retrocediendo rápidamente, pero siendo demasiado lenta—. No, no, ¡no!

La criatura parecía sonreír mientras la tomó en sus manos y la cargó sobre su espalda, siseándole a Duverjay, quien levantó una ballesta de plata y disparó. El monstruo aulló de dolor, con un sonido increíblemente fuerte. Todo el mundo se ralentizó un momento, y el corazón de Echo dio un brinco cuando entendió que la criatura la intentaba llevarla a otra vía de escape.

Echo dejó de resistirse a la criatura, dejándose caer contra ella. Sorprendida, la criatura la soltó un momento, lo suficiente para que Echo aplaudiera y expulsara una ráfaga de poder.

El aullido se detuvo mientras su magia recorría el cuerpo de la criatura, cubriéndola en un fulgor de luz y calor. Por un segundo, la criatura la miró, rechinando sus dientes. Al siguiente, había desaparecido por completo.

Echo exhaló fuertemente, incluso después de que sus rodillas cedieron. Estaba consciente del hecho de que Duverjay la había cargado y la llevaba de vuelta a la mansión. Los ojos de Echo se blanquearon, y lo último que pasó por su mente fue que, quizás, había subestimado al mayordomo después de todo.

hys

Rhys entró en la mansión, dándole a Gabriel una mirada seria. Gabriel tenía un brazo ocupado ayudando a la pequeña tía de Echo, Ella, que parecía que se caería del cansancio en cualquier momento. Duverjay se reunió con ellos en la puerta frontal, dándole una extraña reverencia a Rhys.

—Su dama se encuentra descansando arriba —dijo el mayordomo a Rhys. Duverjay le había informado sobre el casi desastroso intento de escape de Echo por un mensaje de texto, sin siquiera dudar ante la más que obvia furia de Rhys, por su incapacidad de mantenerla en la mansión por tan solo una hora.

Rhys le dio a Duverjay un saludo cortante, y el mayordomo bajó la cabeza. Rhys dirigió entonces su atención a Gabriel, Aeric y a Ti-Elle.

—Gabriel, llévala escaleras arriba para que descanse un poco —dijo Rhys, tomando la mano de Ti-Elle y dándole un suave apretón—. Tú y Echo podrán desayunar juntas en la mañana, tan pronto usted se sienta mejor.

—Eres tan dulce —dijo Ti-Elle, dándole a Rhys una tenue sonrisa y palmadas en su brazo—. Debe ser por eso que mi Echo te quiere tanto.

La mirada de Rhys pasó al segundo piso, e intentó mantener una expresión neutra. Dentro de él no había nada más que una furia estruendosa, pero la pobre Ti-Elle no necesitaba saberlo.

—Puede ser —murmuró Rhys—. Gabriel, ayúdala a subir, por favor.

Gabriel le guiñó un ojo a Ti-Elle, haciéndola reír, y los dos subieron a la habitación de huéspedes en el primer piso. Aeric ya le había dado a Rhys permiso de colocar a Ti-Elle ahí hasta que se pudiera conseguir algo permanente para ella.

—Probablemente tengas que darle una lección.

La mirada de Rhys cambió a Aeric, que parecía disfrutarlo.

—Cállate. Espero que cuando encuentres a tu pareja, te torture el doble. O, mejor, el triple.

Aeric solo sonrió y se encogió de hombros.

—Tengo mil años. Si no he encontrado a mi pareja, las oportunidades de hacerlo ahora son casi nulas —respondió Aeric.

Rhys intentó mantener la boca cerrada mientras que el otro guardián se volteaba y se dirigía al salón principal. ¿Mil años? Rhys sabía que los ursos podían vivir por siglos, ¿pero milenios? Nunca había escuchado algo parecido. Sin mencionar el hecho de que Aeric estaba en la mejor parte de su vida, tan saludable y en buena forma como cualquiera que Rhys haya conocido antes.

La pequeña revelación de Aeric ayudó a calmar el temperamento de Rhys un poco, fue una muy oportuna distracción. Su rabia se disipó de alguna forma mientras subía las escaleras, y cuando encontró a Echo durmiendo profundamente sobre su cama, le fue imposible continuar así.

Cuando Rhys se sentó a su lado, Echo se despertó y se estiró. Ella quedó petrificada cuando lo vio, y se mordió su labio inferior.

—No intentaba huir —dijo, con un rubor saliendo de sus mejillas.

—¿Ah, no? —preguntó Rhys, levantando una ceja. Era difícil mantener una sonrisa en sus labios; ella era dulce y vulnerable así, enrollada en el edredón mientras quitaba su cabello rubio de su rostro.

—Solo quería observarlos —dijo Echo en un suspiro—. Por eso tenía el espejo. Pero alguien le puso un encantamiento para quemarme si intentaba usarlo, por eso salí de la protección. Rhys lo aceptó por un momento, meneando la cabeza. Ella no solo evadió sus deseos, sino que logró ponerse en más peligro en el proceso. Echo no parecía de las que recibían bien las órdenes, y Rhys debió haber imaginado que haría algo así. Él tendría que haber ido más lejos como para advertirle a Duverjay. Desafortunadamente, Echo había probado ser muy sigilosa para el mayordomo, sin importar cuán entrometido pudiera ser.

—Lo entiendo —dijo Rhys, escogiendo dejar que el tema pasara.

—¿En serio? —preguntó Echo, moviéndose para acercarse a él—. Pensé que estarías muy molesto.

Rhys sonrió.

—Claro que lo estoy —le aseguró—. Furioso, diría yo. Contigo y con Duverjay. Se suponía que él debía cuidarte.

La expresión de Echo se oscureció, y él pudo ver que quería discutir sobre esa frase. Lo miró por un buen rato, y luego volteó los ojos.

—Como sea —concluyó Echo, quitando la mirada desafiante.

—Echo —dijo Rhys, acercándose y tomando su barbilla.

Ella dirigió sus deslumbrantes ojos amatistas hacia él, y sus labios se abrieron para hablar, pero Rhys cortó su respuesta con un beso. Él intentó mantener el beso suave y juguetón, pero Echo no podía dejarlo tener tanto autocontrol. Ella le respondió al beso con una infinita pasión, tomando sus hombros y soltando un gemido desde su garganta. Rhys hizo más profundo el beso, entrelazando su lengua con la de ella, moviéndose y bailando hasta quedar sin aliento, y tuvo que forzarse a retroceder.

—¿Estás herida? Dime la verdad —ordenó, analizando su rostro.

—No— susurró Echo—. No tengo ni un rasguño.

Rhys volvió a tomar sus labios con un gruñido hambriento, soltándose solo para quitarle el vestido verde que tenía puesto. Cuando se dio cuenta de que llevaba puesta una franela únicamente, no se pudo contener más. La miró, notando que llevaba nada más que unas bragas blancas y su aroma, y supo que debía tenerla. No tenía por qué esperar más. Rhys se despojó de su camiseta y luego se lanzó sobre Echo, dejándola entre él y el grueso y mullido edredón.

Puso los brazos de Echo sobre su cabeza, acorralándola mientras admiraba la gracia del arco de su torso desnudo, la perfección de sus senos. Sus pezones eran casi picos endurecidos, y Rhys sentía escalofríos cubriendo sus brazos y costados. Se inclinó, sujetando sus muñecas con una mano, y lamió un perfecto y oscuro pezón. Se le hizo agua la boca mientras mordía y chupaba, haciendo que un agitado gemido saliera de los labios de Echo. Soltando las manos de ella, acopló las suyas en ambos senos y los levantó, jugando con ellos, usando sus labios y dientes hasta verla retorcerse bajo él.

Las uñas de Echo bajaron hacia su espalda suavemente, y Rhys tuvo la impresión distintiva de que ella marcaría su piel en cuestión de minutos. La idea de Echo de producirle dolor y pasión urgió a Rhys, y se levantó para quitarle las bragas. Echo levantó sus caderas para ayudarlo, pero antes de que pudiera bajar hacia ella de nuevo, ella lo detuvo con una mano en su pecho.

—Quiero ver todo tu cuerpo —le dijo mordiéndose el labio inferior.

Las manos de Echo bajaron hacia el borde de sus pantalones, desabrochando y bajando el cierre antes de deslizarlos por sus caderas. Rhys se echó atrás sobre la cama y se quitó los pantalones, apreciando la mirada perpleja en el rostro de Echo mientras lo examinaba totalmente desnudo. Su pene sobresalía orgullosamente de su cuerpo, grueso y duro con deseos por ella, y cuando él regresó a su lado, gruñó mientras Echo rodeaba su grosor con sus dedos temblorosos.

Él podría haberse reído por la expresión atónita en su rostro, pero Echo exploró su longitud con varias caricias tentativas, haciendo que cada músculo de su cuerpo se tensara y temblara. Cuando Echo pasó su lengua por su labio inferior y lo miró con una mirada interrogativa, Rhys meneó la cabeza.

—Si usas tu boca ahí, no aguantaré —dijo—. La he tenido dura por ti desde que te puse mis ojos encima.

Echo lo sorprendió con una sonrisa.

—Será rápido, lo prometo —le dijo, empujándolo sobre su espalda.

—Es lo que me asusta —dijo Rhys, pero no se tomó ningún esfuerzo en detenerla mientras ella se montaba en su cuerpo.

Echo tomó su pene y jugueteó con la punta con movimientos rápidos de su lengua, haciendo que Rhys enloqueciera. Cuando el suave calor de su boca cubrió la punta de su pene, Rhys reunió todo su control para dejarla. Todo lo que él quería en ese momento era colocar su mano detrás de la cabeza de Echo, ajustarla en el ángulo correcto, y darle por esa boca sin contemplación. Solo Dios sabía lo que él había imaginado durante toda la semana, lo que sentiría si Echo lo tomara profundamente hasta su garganta.

Su corazón saltaba en su pecho, y las ganas de alejarla lo mataban. Él necesitaba follarla apropiadamente, sellar su lazo con una mordida de apareamiento. Además, él quería sorprenderla con sus habilidades en la cama, cosa que no sucedería si él acababa en su boca como un virgen adolescente. Pero, diablos, si su boca no era lo más dulce que había sentido en su vida. Poco a poco, logró alejar a Echo de su pene, y la levantó hasta dejarla tumbada sobre su cuerpo. Besándola profundamente, Rhys gruñó ante el sabor de su pene en la lengua de Echo.

Echo deslizó su mano entre ambos y tomó su longitud una vez más, alineando sus cuerpos. Rhys estaba sorprendido de ver lo escurridiza que era cuando su pene se encontró con la entrada de Echo; el sentirla lista desgarró su control, y él sabía que necesitaba tomarlo de vuelta o ella lo abrumaría.

Rhys sonrió al escuchar el gemido de Echo cuando él la volteó y abrió sus piernas, tomando su pene y frotando la punta con su entrepierna, luego el clítoris, y finalmente su vagina. Echo tembló, y Rhys estaba pasmado tanto por el deseo como por ella. Se tomó un minuto para juguetear con el clítoris de Echo, usando su pulgar mientras presionaba la gruesa punta de su pene en su entrada, disfrutando los gemidos de frustración. Ella se agarró de sus hombros, tratando de traerlo hacia sí, pero Rhys dejó que las ansias siguieran creciendo, deseando saborear los primeros momentos.

Cuando Echo movió sus caderas hacia él, forzando al pene de Rhys a entrar en su cuerpo, él perdió parte de su preciado control. Apretando sus caderas, miró su rostro mientras él presionaba, entrando con fuerza, estirando su cuerpo para acomodarse a él.

—¡Oh! —gritó Echo, incluso cuando Rhys gruñó al momento de sentirla.

—Diablos, eres tan perfecta —gritó él—. Tan apretada.

Él presionó de nuevo, sin poder creerlo. Sabía que ella sería maravillosa, pero esto iba más allá. Cada centímetro resbaladizo y apretado de su canal lo sujetó, y reunió toda su concentración para no acabar en ese momento ni en ese lugar.

—Rhys —gimoteó Echo—. Yo...

Ella no pudo decirle que estaba a punto, pero él podía sentirlo. Fue un hecho que, mientras Rhys manejaba un ritmo estable, entrando y saliendo de su calentura, él mismo empezaba a sentir más que su propio placer. De hecho, él podía sentir una parte de la pasión de ella, duplicando su propio deleite. Era abrumador en todos los gloriosos sentidos. Rhys se detuvo para poder llevar las rodillas de Echo hacia sus hombros y entrar en ella con más fuerza.

—¡Rhys! —gritó Echo. Si él no hubiera sentido su pasión, habría pensado que la estaba matando.

La tomó profunda, fuerte y rápidamente, perdiéndose en la sensación de su cuerpo, palpando uno de sus increíbles senos mientras seguía entrando y saliendo, sintiendo cómo los músculos de Echo empezaban a tensarse a su alrededor. Luego, deslizó su mano por detrás de su cintura, levantándola unos centímetros más, tratando de conseguir el ángulo perfecto...

Echo gritó, y su voz rompió su concentración, pero Rhys solo sonrió. Aparentemente había encontrado la posición perfecta, porque Echo convulsionó en él y su vagina se apretó, drenando su pene. La expresión de Echo fue una bendición mientras ella se corría, y su orgasmo fue deslumbrante y enérgico.

Solo entonces, Rhys bajó su trasero hacia la cama y se enfocó en su propio final, realizando unas cuantas entradas y salidas más antes de que su cuerpo se endureciera al extremo. Su clímax lo tomó casi por sorpresa, lanzando un fuerte grito desde su garganta mientras se corría dentro del cuerpo de Echo. Maldijo mientras lanzaba oleadas tras oleadas dentro de su pareja, que con su cuerpo lo seguía drenando por completo.

Rhys dejó caer su rostro en el cuello de Echo, clavando sus dientes en un punto sensible donde se conectaban su hombro y su nuca. Echo chilló y tembló tanto de placer como de dolor, y ambas sensaciones fueron tan fuertes que Rhys las sintió en sus propios huesos. Cuando la soltó, se tomó su tiempo para lamer la marca, usando su lazo para sanar la herida, dejando una marca roja de apareamiento. Su marca estaba en su piel, su semilla en su cuerpo y su chica en su corazón.

Rhys finalmente estaba completo. Le dio a Echo un último y profundo beso antes de separarse y colapsar a su lado. La acercó, contento por el hecho de tenerla allí, respirando su aliento y escuchando su agitada respiración.

CAPÍTULO TRECE

cho

—Quiero que vengas a trabajar con los Guardianes, cariño.

Echo giró su cabeza y miró a Rhys, sintiendo cómo sus sentimientos se desbordaban al cruzar sus miradas. Su mente voló, pensando en cómo él la *quería*, y su cuerpo se sonrojó al considerar el significado de esas palabras. Solo pasaron dos días desde que habían consumado su lazo de apareamiento, pero Echo y Rhys parecían tener una competencia para ver quién tentaba más al otro; su lujuria mutua solo crecía con cada hora que pasaba.

—¿Echo? —dijo Rhys, interrumpiendo sus pensamientos.

—¿Huh? —preguntó.

Una mueca apareció en la cara de Rhys, y Echo tuvo que resistir la urgencia física de lamerse los labios, tentándolo a darle uno de esos besos que le hacían saltar el corazón.

—Te pedí que vinieras a trabajar con los Guardianes —le recordó.

129

—Oh... uh, ¿qué? —preguntó Echo, confundida.

—Hablé con Mere Marie y estuvo de acuerdo en que trabajes a nuestro lado.

Echo frunció el ceño.

—Solo quieres tenerme cerca para poder vigilarme todo el tiempo —dijo. Hoy fue su segundo día de vuelta a su trabajo en el Barrio Francés, y Rhys había demostrado su disgusto cuando salió. Si se pudiera decir que un hombre como Rhys hiciera pucheros, sería exactamente lo que él hizo.

—Así es —asintió, tomando su mano cuando ella quiso darle un golpe amistoso en el brazo. Tomó sus dedos entre los suyos y le dio un beso—. No te molestes. No puedo soportar la idea de que te vayas por ahí sin protección.

—Rhys —dijo Echo, apretando un poco su mano antes de soltarla—. Tienes que acostumbrarte a eso. No puedes seguirme todo el día, todos los días, sin importar donde trabaje. Soy independiente y merezco privacidad si la deseo.

Rhys bajó su mirada, sin decir nada más.

—Esa no es la razón por la que quiero que vengas a trabajar con nosotros —dijo, cambiando su enfoque.

—¿Ah, sí? —dijo Echo, escéptica.

—Necesitamos a alguien que maneje los asuntos de los Guardianes. Que atienda llamadas, mantenga al día la base de datos, ese tipo de trabajos.

—¿Duverjay no lo hace ya? —preguntó Echo.

Rhys resopló, y los labios de Echo se torcieron. Estaba siendo genuino con esa emoción, al menos.

—Difícilmente. Hace las tareas del hogar y nada más. Duverjay siempre ha sido bastante claro al respecto.

Echo consideró sus palabras, apretando sus labios.

—No estoy segura de estar calificada. Nunca he trabajado en una oficina o nada parecido —respondió.

—No creo que sea nada como eso, a menos que en los trabajos de oficina requieran mantener tablas en Excel registrando ataques de vampiros o rumores de brujas resucitando muertos —le dijo Rhys.

Echo no pudo evitar reír.

—No, creo que no —asintió.

—Además, por lo que me has dicho, posees las habilidades básicas. En tu trabajo, organizas las agendas de los empleados, lo que sería similar a mantener las agendas de patrullas para nosotros. Mantienes el inventario de ventas, que sería muy parecido a hacer una base de datos de las actividades Kiths. Tu lidias con muchos borrachos y estúpidos, que es similar a lidiar con Aeric.

Los ojos de Rhys parpadearon con satisfacción por su propia broma, pero ambos sabían que no estaba muy lejos de la realidad. Aeric era un idiota hasta en las mejores circunstancias, y Echo aún no lo había visto de mal humor.

—Lo pensaré —dijo Echo. Notó la mirada de Rhys y se la devolvió por largo rato, luego sonrió—. Lo haré, lo prometo... Solo, es demasiado. No hemos hablado de otras cosas más importantes, como mi apartamento.

—Puedes mudarte conmigo, obviamente —dijo Rhys, frunciendo el ceño.

—¿Qué pasará después de que dejes los Guardianes? —preguntó Echo.

Rhys se quedó en silencio, y Echo se dio cuenta de que había tocado un tema sensible— ¿No sabes cuándo va a pasar eso?.

—No —dijo Rhys de forma abrupta—. Trabajo para Mere Marie hasta que decida liberarme.

—Hey —dijo Echo, apretando su mano y tirándolo de vuelta a la cama para un beso—. Está bien. Eso quiere decir que estaré aquí contigo hasta que te libere, ¿sí?

Rhys la miró desde arriba, mientras un torrente de emociones aparecía en su rostro. Echo abrazó su musculosa cintura desnuda, dándole un beso en el ombligo.

—Debería prepararme —suspiró Rhys—. Es mi turno de patrullar. Aeric y Gabriel han estado tomando la mayor carga desde que llegaste, y creo que eso los empieza a molestar.

—Solo están celosos —dijo Echo, alzando sus cejas.

—Seguramente —dijo Rhys, acercándose a ella y dándole un último beso. Se volteó y saltó de la cama al baño para darse una ducha, concediéndole a Echo una gloriosa vista de su espalda desnuda en movimiento.

—Uff —suspiró Echo para sí misma, colapsando sobre la cama.

Por un lado, habían empezado a crecer algunas dificultades durante los últimos días. Ella y Rhys tenían una conexión profunda, pero ambos eran muy independientes por naturaleza. Sin mencionar la terquedad, una característica que a ambos les sobraba. En medio del espectacular sexo que tenían, habían logrado discutir cómo se vería su futuro compartido. Rhys había sido muy vago respecto a lo que deseaba, solamente exigiendo ser capaz de "proteger a su pareja" si lo veía necesario. Echo, por otro lado, era más práctica, y solo le preocupaba saber dónde viviría o cómo resolverían sus desacuerdos, ese tipo de cosas.

Hasta ahora, solo habían tenido desacuerdos pequeños y seguido a eso, follaban durante horas hasta que estaban demasiado cansados como para seguir. Igualmente, un punto importante seguía sin ser tocado, el referente a Pere Mal y las Tres Luces.

Ti-Elle se había cansado de la sobreprotección de los Guardianes la noche anterior, insistiendo en que regresaría a su casa. Sin embargo, antes de que la tía de Echo se fuera, se habían reunidos todos en la mesa de abajo para discutir la situación. Ti-Elle había dicho todo lo que sabía de las Tres Luces, y Gabriel lo complementó con parte de su investigación.

Llegaron a conclusión obvia de que Echo era la Primera Luz debido a sus habilidades como médium, lo que significaba que la Segunda y la Tercera Luz, probablemente, serían descubiertas al contactar a los espíritus que reposaban al otro lado del Velo. Quién podría ser el espíritu, nadie lo sabía, pero Echo se había ofrecido para encontrar la mejor solución.

—Debería ir a las Puertas de Guinea y explorar qué es lo que hay al otro lado del Velo —dijo en ese momento, mirando a los demás esperando una respuesta.

Rhys estalló de inmediato, por supuesto, molesto ante la sola mención, aunque él mismo no sabía nada acerca de ser médium o qué podría haber del otro lado del Velo. A decir verdad, Echo tampoco lo sabía bien, pero tenía la sensación de que podría contestar muchas de sus preguntas con un simple viaje más allá del Velo. Después de todo, para eso la quería Pere Mal en primer lugar, ¿no?

Echo se volvió a acomodar en la cama de Rhys. La cama de ambos ahora, supuso. Rhys era increíble; la hacía sentir segura, deseada y feliz, pero su insistencia en no permitirle ayudar no funcionaría.

Echo cerró sus ojos, pensando en tener un par de horas más de sueño antes de levantarse y empezar su día. Si de verdad dejaría su trabajo, la tienda que ella había administrado por su cuenta por los últimos cincos años, tenía que estar bien descansada. Amaba a los dueños de la tienda y decirles adiós requeriría de una gran fortaleza emocional.

Debió de haber viajado fuera de su cuerpo sin notarlo, porque lo siguiente que supo después de abrir los ojos era que se encontraba en las escaleras frontales de la mansión frente a un hombre familiar. Anormalmente alto, vagamente hispano, guapo y con un traje formal... Y esos fascinantes y tenebrosos ojos de fuego naranjas.

—Pere Mal —resopló Echo.

—El único e inigualable —respondió, mirándola de arriba abajo.

Se miró a sí misma, frunciendo el ceño al darse cuenta de que solamente tenía puesta una camiseta muy grande de Rhys. Cuando volvió a subir su mirada, Pere Mal se veía complacido.

—¿No puedes vestirme, al menos? —estalló Echo, cruzando ambos brazos sobre su pecho.

—Es tu sueño, querida —dijo Pere Mal, pretendiendo falsamente sentirse apenado—. Vístete tú misma.

Echo arrugó su frente y se forzó a imaginarse a sí misma vistiendo jeans y una blusa, y cuando miró abajo, tenía esa ropa puesta.

—¿Cómo lograste entrar aquí si este es mi sueño? —preguntó, mirando directamente a Pere Mal. Él se veía tenebroso en el sentido más sobrenatural y daba escalofríos de solo mirarlo.

—Difícil de decir, cariño. Quizá una parte de ti quería hablar conmigo. ¿No te parece?

Echo se mordió el labio. Él podría tener razón. Ella no quería interactuar con él, exactamente, pero quería terminar con todo esto lo antes posible para empezar a vivir su vida con Rhys sin tener que mirar sobre su hombro.

—¿Por qué estás aquí, entonces? —preguntó—. Por algún motivo, dudo que hayas venido solo para ayudar.

—¿Piensas que no? —preguntó Pere Mal, dándole una mirada dura.

—Nunca me has parecido de ese tipo —dijo Echo encogiéndose de hombros—. Eres más como un secuestrador que manda a sus matones a golpear a pequeñas ancianas en sus casas.

Pere Mal parecía sorprendido, luego se echó a reír.

—Debes estar hablando de tu tía —dijo con una mueca—. Ella es más que capaz de hacerse cargo de sí misma, te lo aseguro. Si quisiera hacerle daño, sería mucho más difícil que solo atraparla en una habitación vigilada. Además, prefiero ir directamente a la fuente. Ti-Elle no puede darme lo que quiero.

—Yo tampoco —dijo Echo, reposando sus manos sobre su cintura.

—Seguro que puedes. Únicamente necesitas hacer un viaje más allá del Velo y hablar con algunos espíritus. Después de eso, no me volverías a ver nunca más —dijo Pere Mal, encogiéndose de hombros.

—Uh, lo dudo. Rhys es un guardián, así que creo que tendremos suficiente de ambos de ahora en adelante —contestó Echo.

—Si tú lo dices, querida —respondió Pere Mal—. Creo que tú y yo no cruzaremos caminos, porque tu pareja no te dejará salir de la casa para empezar. Le has dejado a tu hombre los pantalones. ¿No es así?

Sus palabras dolían, pero Echo se resistía a ser intimidada por él.

—No voy a ayudarte —dijo ella con fuerza.

Pere Mal se veía molesto, sacudió su cabeza.

—No me hagas amenazarte, querida —empezó Pere Mal.

—¡No me llames así! —estalló Echo, sintiendo cómo su paciencia se agotaba.

—Como desees —dijo—. Eso no cambia los hechos. Si no me das lo que quiero, mataré a tu pareja. A tu tía también. Y seguiré matando a todos hasta que hagas lo que te pido.

Echo se paralizó, tratando de adivinar las intenciones de Pere Mal. Recordó una página del libro de Ti-Elle y abrió su mente para ver las auras, dando casi un paso atrás cuando pudo verla por fin. Era casi enteramente roja, de un profundo carmesí, el tono exacto de la sangre fresca. La violencia que se percibía detrás de su comportamiento fríamente calculado era suficientemente obvia. Pere Mal no dudaría en matar a Rhys, Ti-Elle, o a cualquiera lo bastante desafortunado como para estar cerca del corazón de Echo.

—Tienes un día para pensarlo —dijo Pere Mal, buscando dentro de la chaqueta de su traje una tarjeta de negocios, la cual le dio a Echo. Cuando ella titubeó, Pere Mal sonrió mostrando sus dientes. Por primera vez, ella notó que sus dientes estaban tallados para tener una retorcida forma puntiaguda.

Echo tomó la tarjeta con los dedos temblorosos, y la expresión de Pere Mal se suavizó a una perfectamente indiferente.

—Excelente. Espero escuchar mañana de ti, Echo. De lo contrario, tendré que hacerle una visita a tu compañero —él hizo una pausa y le dedicó una mirada compasiva—. No perdería el tiempo durmiendo, cariño. Sé que, al final, vendrás a darme lo que quiero. Está escrito.

Echo abrió la boca, pero ningún sonido salió de ella. Parpadeó y se encontró de nuevo acostada a lo largo de la cama de Rhys, temblando y cubierta de sudor. Arrugada en su mano derecha estaba la tarjeta de negocios, y Echo no necesitaba mirarla para saber que era de Pere Mal.

—¿Pero qué demonios? —murmuró, poniéndose en posición fetal mientras luchaba por aguantar las lágrimas. Echo sabía que no habría más sueño para ella, al menos no en un futuro próximo.

Echo se quedó en la cama hasta tarde la noche siguiente, incapaz de poder dormir a pesar del cansancio excesivo. Rhys estaba tumbado a su lado, con su estómago y su cara envueltos en el cobertor, dándole a Echo una mirada personal de su espalda, culo y piernas esculturales. Uno de sus brazos estaba hacia atrás tocando el estómago de Echo, manteniéndola cerca mientras dormía.

Echo pasó sus dedos por su cabello, con una sonrisa tímida en sus labios. Él era tan bello, y una pareja tan maravillosa. Quizás un poco sobreprotector. Bueno, demasiado sobreprotector, pero Echo nunca se había sentido tan querida en su vida. Su conexión con Rhys era más fuerte que cualquier otra que conociera, incluso más que con su amada Ti-Elle.

Rhys se había atornillado en su corazón y había hecho de él su hogar, a pesar de conocerse por poco tiempo. Echo se preocupaba por él cuando no estaban en la misma habitación, al igual que él por ella. El instinto protector era mutuo, y ese era el porqué de que el corazón de Echo doliera tanto en ese momento.

Después de una hora de increíble y excesivamente atrevido sexo, Rhys colapsó en la cama, anunciando que los Guardianes atacarían cada una de las propiedades de Pere Mal una por una, tratando de desmantelar la organización y encontrar a cualquier otra de sus víctimas de secuestro que podría retener de la misma forma que tuvo a Ti-Elle.

Echo asintió, apenas logrando escuchar algo mientras se quedaba dormida. Entonces, tuvo el sueño más vivido y más terrorífico de su vida, viendo media docena de escenarios donde Pere Mal mataba a Rhys. Veía a su pareja ser tiroteada por matones en la calle, lo veía ser comido por un zombi, veía a Pere Mal arrancando su corazón del pecho, muerto por envenenamiento, en una jaula del Mercado Gris hecha para ursos, sofocado al ser enterrado vivo por los secuaces de Pere Mal.

Después de esa última muerte, Echo despertó tratando de respirar. Rhys, todavía dormía, balbuceaba algo sobre tenerla más cerca, tratando de atenderla, incluso inconsciente. Ese

KAYLA GABRIEL

fue el detonante, en ese momento Echo supo que tenía que entregarse a Pere Mal. Rhys era demasiado bueno, demasiado maravilloso. Él protegía la ciudad, cuidaba de los otros guardianes, tal como había hecho con su clan.

¿Pero quién cuidaba a Rhys? No había nadie, salvo Echo, y ella haría todo lo que pudiera para no dejarlo morir por algo tan estúpido como un poco de información.

Aún así, Echo no quería dar el nombre de alguna chica inocente a un tipo tan retorcido como Pere Mal, así que había pensado en una serie de mentiras. Nombres e información detallada de la Segunda y la Tercera Luz, completamente inventadas.

Todo lo que tenía que hacer era proyectar un aura transparente mientras mentía, y Pere Mal nunca podría notar la diferencia.

"Simple, tan fácil como un pie", se dijo a sí misma, pero la realidad era que Echo estaba aterrorizada.

Dándole una última y larga mirada a Rhys, Echo alejó su brazo de su estómago. Él gruñó en forma de protesta, aunque seguía totalmente dormido, y Echo solo le dio un beso en su hombro desnudo y salió de la cama.

Fue al cuarto de invitados para vestirse y buscar la tarjeta con la información de Pere Mal, ella la había ocultado bajo el colchón. Después de ponerse los jeans, el calzado deportivo y una de las camisetas de Rhys para la buena suerte, Echo bajó sigilosamente por las escaleras. Llegó a la puerta del frente sin que nadie la notara, y ya a más de la mitad del camino del vecindario hizo una pausa para mirar a la mansión, con su corazón latiendo sin parar mientras las lágrimas se acumulaban en sus ojos.

Sacudiendo su cabeza, Echo enderezó sus hombros y siguió adelante, alzando un brazo para de detener un taxi.

"Es lo mejor para todos", se decía a sí misma. "Puedes hacer esto. Puedes protegerlo". Eso no detuvo a una última lágrima solitaria de bajar libremente por su mejilla mientras entraba en el taxi, incapaz de detener la culpa que crecía en su pecho al darle la dirección al taxista. Ya todo estaba hecho, y ella dejaría que lo hicieran. Que pasara lo que tuviera que pasar.

CAPÍTULO CATORCE

hys

El sonido del teléfono vibrando sobre la mesa de noche despertó a Rhys. Se levantó, desorientado, y fue a buscarlo. Arrugó la cara mientras miraba la pantalla, atendiendo la llamada mientras se giraba y fruncía el ceño mirando a la cama vacía. Su cerebro intentó procesar la ausencia de Echo y la llamada a las cuatro de la madrugada al mismo tiempo, pero falló.

—¿Hola? —preguntó, recorriendo la habitación con la mirada buscando señales de Echo.

—No has estado vigilando a mi chica —escuchó la voz de Ti-Elle. Sonaba muy enojada, y Rhys parpadeó totalmente confundido.

—¿Cómo obtuviste este número? —preguntó.

—¿Eso es lo primero que vas preguntar? —gritó Ti-Elle—. Deberías comenzar por pensar en dónde está tu chica.

El corazón de Rhys dio un vuelco.

—Uh... De acuerdo. ¿Dónde está Echo? —preguntó, frotando sus manos contra su cara.

—No sé a dónde se fue exactamente, pero se fue de mi casa. Esa pequeña y escurridiza ladrona piensa que no me di cuenta, pero vino y tomó algunas de mis bolsas de gris-gris. Al parecer, está buscando algo de protección, y apostaría lo que sea a que la pequeña tonta piensa hacer algo peligroso.

Rhys estaba de pie tratando de encontrar el lugar a donde habían volado sus jeans cuando se los quitó más temprano.

—Y no sabes a dónde fue ¿verdad? —preguntó.

—Ella va en camino a buscar a Pere Mal. No estoy segura a dónde —dijo Ti-Elle—. Además tomó algunos gris-gris que ayudan a ocultar las auras y la presencia mágica. No puedo encontrarla ni siquiera en mi espejo adivino.

—Mierda.

—Mmm... Será mejor que busques a mi chica, oso. De lo contrario, tú y yo vamos a tener un problema.

—Entendido —dijo Rhys—. Gracias por avisarme. Voy a traerla a casa lo más pronto posible, para que puedas regañarla luego de que yo lo haga.

Ti-Elle colgó con un resoplido, y Rhys corrió fuera de su habitación escaleras arriba hasta la puerta de Gabriel. Gabriel apareció, sin camiseta, y Rhys pudo escuchar la risa de una chica proveniente de algún lugar de la habitación del guardián.

—No es buen momento —dijo Gabriel, listo para cerrar la puerta en la cara de Rhys.

—Echo fue a buscar a Pere Mal —dijo Rhys, sosteniendo la puerta con una mano.

Gabriel hizo una pausa, mientras apretaba los labios.

—¿Dónde? —preguntó.

—No sé. Pensé que podrías hacer uno de esos hechizos de rastreo como el que hiciste con los saqueadores de tumbas hace unos meses, ya sabes, para ver sus movimientos durante las últimas horas.

Después de un momento, Gabriel asintió.

—Nos vemos escaleras abajo en quince minutos —dijo Gabriel, volteando—. Y llama a Aeric de su patrulla. Lo necesitaremos.

—Hazlo en cinco —gruñó Rhys, ignorando su cara de desagrado.

En menos de veinte minutos, los tres guardianes estaban parados en el gimnasio, vestidos con ropa de combate y armados para una pelea. Rhys tocaba nerviosamente el mango de su espada mientras Gabriel hacía el hechizo. Los ojos de Gabriel estaban cerrados, pero se movían tras sus párpados, siguiendo los movimientos de Echo.

Aeric le dio a Rhys una mirada larga, y Rhys se dio cuenta de que era porque estaba tamborileando sus dedos sobre su espada, tratando de aliviar su impaciencia. Por suerte, Gabriel abrió sus ojos luego de un momento, volviendo a tiempo para evitar un conflicto.

—Está en la Gentilly Terrace —dijo Gabriel, nombrando un barrio que estaba a unos quince minutos en coche desde la mansión—. En una propiedad que sabíamos que pertenecía a Pere Mal, pero está abandonada. Habríamos tardado unas dos semanas antes de haberla explorado, no estaba dentro de nuestra lista de prioridades.

—En marcha —dijo Rhys, caminando al garaje.

El sonido del carraspeo de una garganta lo hizo congelarse en el lugar. Miró detrás de él y se encontró con Mere Marie a solo unos pasos de distancia, vestida con una holgada bata blanca y una pañoleta que le hacía juego. Diablos, la mujer se movía con la sutileza de un gato. Tenían que ponerle un cascabel para que dejara de sorprenderlos así.

—Señora —dijeron Rhys y Gabriel al mismo tiempo. Aeric apenas inclinó su cabeza para saludar a su empleadora.

—Tengo algo que podría resultar útil para ustedes —dijo Mere Marie. Ella apareció con una daga, la más larga y con el aspecto más mortífero que Rhys hubiera visto jamás, completamente de plata con un curioso brillo rojo alrededor. La daga estaba sobre una cama de seda roja, y Rhys observó que ella se cuidaba de tocar el metal con las manos.

—¿Qué es eso? —preguntó Gabriel.

—No te preocupes por eso. Lo único que necesitas saber es que está hecha especialmente para Pere Mal, y que solo puede ser utilizada una vez. Lo detendrá, a él y a sus secuaces, se los aseguro. Y… les recomiendo que usen guantes al utilizarla.

Aeric miró la daga, envuelta en la seda, mientras buscaba en la caja de municiones un par de guantes de cuero.

—Si uno de nosotros apuñala a Pere Mal con ella, ¿terminaría todo?… digo. ¿Sería el final de los Guardianes? —preguntó Gabriel.

Mere Marie ladeó la cabeza varias veces, mirando a Gabriel con preocupación.

—¿Y a dónde irías, cariño? —fue su única respuesta. Y dando media vuelta, regresó a la mansión, ignorando los gruñidos de Gabriel.

—Vamos —dijo Rhys, dándole una palmada en el hombre a Gabriel—. No dejes que te desanime.

Aeric volvió, lanzándole un par de guantes a cada uno, luego fueron al garaje. Gabriel usó un iPad para conectarse a un satélite y ver imágenes de la casa a donde se dirigían, discutiendo tácticas mientras conducían. Rápidamente llegaron a una zona del vecindario Gentilly Terrace, buscando la casa en una larga de hilera de bungalós de ladrillo.

—Allí, a la izquierda —dijo Aeric, señalando la casa.

Rhys estacionó la camioneta al otro lado de la calle, tratando de no llamar la atención. Desde el momento en que

Echo tocó la puerta, seguramente Pere Mal previó la posible llegada de los Guardianes.

Rhys guardó su rabia en un lugar muy profundo dentro de él, mientras pensaba en lo tonta que había sido Echo al entregarse a Pere Mal. Estaba seguro de que la había amenazado con matarla o matar a Ti-Elle o algo así. Pero el hecho de que hubiera desconfiado de Rhys para protegerla y para proteger a su familia fue un golpe directo a su corazón. Muy por encima de todo, su pareja lo había hecho todo más fácil para Pere Mal, y al mismo tiempo, mucho más difícil para los Guardianes.

—Rhys —dijo Aeric, apretando su hombro—. Debemos comenzar el plan.

Rhys asintió, alejando de su mente todos los malos pensamientos mientras salía de la camioneta. Aeric sostenía la daga encantada, pero los tres tenían puestos sus guantes. Faltaba una hora para la llegada del amanecer, por lo que los Guardianes estaban solos en mitad de la calle, entre todas las casas oscuras y silenciosas. Se movieron sigilosamente hasta la puerta; Gabriel la pateó, dando un paso atrás para dejar a Rhys entrar primero.

—Mierd… —dijo Rhys, pero sus palabras fueron interrumpidas al entrar y sentirse en caída libre, acompañado de un sonido de pop. Había caído en una vía de escape.

Rhys se detuvo, al tiempo que Gabriel y Aeric chocaban contra sus hombros luego de entrar, tratando de acostumbrarse al nuevo entorno. Estaban en una casa completamente diferente; esta era lo que había sido alguna vez una grandiosa mansión victoriana, con las paredes en ruinas, con candelabros de cristal en el techo e imponentes escaleras con algunos escalones faltantes.

Los rayos de luna se filtraban por las ventanas rotas de la puerta del frente, y Rhys giraba su cabeza para tratar de escuchar mejor. La casa se sentía vacía y en silencio, y le hizo una seña a Gabriel y Aeric para que lo siguieran mientras atravesaba la planta baja, tratando de hacer el menor ruido posible. Rhys pasó por varios pasillos y una cocina en el camino a la puerta trasera, que lo llevó a un descuidado jardín. Todo el patio estaba cubierto de arbustos del tamaño de Rhys.

—¿Un maldito laberinto de arbustos? —resopló Gabriel mientras trataba de atravesar una de las paredes verdes—. ¿Es en serio? ¿Qué es esto? ¿Una novela de Lewis Carroll?

Rhys ignoró la broma de Gabriel y se acercó a la entrada del laberinto, liderando a los otros dos guardianes. Se encontraron con un camino sin salida casi de inmediato. Dieron una vuelta mientras Rhys se dirigía por el camino contrario, y en menos de un minuto encontraron otro camino sin salida y así sucesivamente.

—¿Dónde diablos estamos? —preguntó Rhys, mirando al cielo. El sol ya estaba brillando en lo alto, pero el aire a su alrededor era seco y frío. Era obvio que ya no estaban en Nueva Orleans.

—Creo… Podría estar equivocado, pero creo que estamos en Irlanda —dijo Gabriel.

—¿Por qué estaríamos en Irlanda? —preguntó Aeric.

—Mere Marie dijo que Pere Mal busca el portal de Guinea, porque quiere encontrar el camino al reino de los espíritus. Sin embargo, hay muchos otros portales. Irlanda está llena de ellos, si sabes dónde buscar. O puedes pedirle a un hada que te diga —explicó Gabriel—. Y este clima es similar. El aire huele un poco a sal, como si estuviéramos cerca del mar. Creo que estamos en el sur de Irlanda y nuestro amigo Pere Mal ha encontrado un lugar donde los druidas solían reunirse, donde el Velo es más fino.

Rhys gruñó, desinteresado en entrar en una discusión basada en especulaciones mientras su pareja estaba en peligro. Siguió avanzando, con la frustración creciendo a cada paso. Las paredes se hacían cada vez más grandes y más caóticas a medida que avanzaban, limitando su progreso en el laberinto; para cuando llegaron al cuarto camino sin salida, Rhys sentía claustrofobia y tenía la piel de gallina, con cada vello de su cuerpo de punta.

—Permíteme —dijo Aeric, mientras Rhys se detenía y apretaba sus puños con rabia y frustración—. Pienso que debe haber un truco, un patrón.

Rhys le lanzó una mirada de rabia y desprecio mientras asentía, en unos minutos ya habían llegado a las profundidades del laberinto, muy cerca de su mitad.

Gabriel los detuvo a ambos, arqueando una mano sobre su oreja intentando escuchar mejor.

—¡No lo sé! ¡Ya te he dicho todo lo que sé! —Escucharon la lejana, pero inconfundible y desesperada voz de Echo.

—No le puedes mentir a Pere Mal, cariño —contestó—. Dime sus nombres.

Un grito agudo rompió el silencio, y Aeric tuvo que detener a Rhys de escalar la pared más cercana del laberinto para llegar a Echo. Aeric tomó el liderazgo, conduciéndolos a través de dos curvas pronunciadas. Se encontraron con un claro al final del pasillo y los Guardianes corrieron lo más rápido que pudieron sin dejar de ser sigilosos.

—¡Cassandra! —gimió Echo.

Rhys entró en un frenesí al ver a su pareja llorando, atrapada en la estatua de mármol de un ángel, con los brazos atados a las alas abiertas, y su torso atrapado entre los brazos de la figura.

Pere Mal estaba de pie a su lado, sosteniendo una larga y delgada varita negra en una mano y una daga ceremonial en la otra; entre Pere Mal y Echo había una estrella de siete puntas dibujada con sal y tiza, con un pequeño y quebrado espejo en el medio.

Entre Rhys y Pere Mal había, al menos, una docena de los

secuaces de Pere Mal. Incluso mientras Rhys se batía en duelo con alguno de los más cercanos, Pere Mal se acercaba a Echo y acomodaba la daga cerca de su cuello, viendo a los Guardianes con una expresión de indolente curiosidad.

Rhys sacó su espada y acabó con dos de los hombres de Pere Mal en menos de un par de minutos, distrayéndose cada vez más al ver cómo Pere Mal cortaba la palma de Echo con su daga ceremonial. Dejó que algunas gotas de sangre se escurrieran en el filo de la daga y las soltó sobre el espejo a sus pies, acercándose a ella para susurrarle algo al oído.

Rhys derrotó y alejó a otro de los secuaces, mirando cómo Echo movía su cabeza hacia atrás, mientras palidecía. Pere Mal apuntó su varita directamente a Rhys, dándole solo el tiempo suficiente para agacharse, rodar y esquivar un hechizo peligroso. El embrujo le dio a uno de sus hombres, haciendo que cayera al suelo, aferrándose a su garganta mientras se ahogaba y sufría espasmos violentos.

—¡No le des lo que quiere, Echo! —gritó Rhys, levantándose. Lanzó su espada contra otro hombre, cortándolo limpiamente a la mitad.

Otro hombre apareció con una pistola, y Rhys se agachó y se convirtió en oso. Gabriel pareció tener la misma idea, porque segundos después había dos gigantescos osos salvajes limpiando el área, y solo quedaban cuatro mercenarios. Dos de los hombres de Pere Mal huyeron al laberinto, lo que dejó que Rhys y Gabriel se hicieran cargo de los dos restantes. Detrás de ellos, Aeric sacó la daga de su funda y la sostuvo contra él, llamando la atención de Pere Mal.

—¿De dónde sacaste eso? —siseó Pere Mal, levantando sus hombros. Fue retrocediendo hasta la salida del laberinto, apuntando a Echo con su varita a cada instante—. La mataré si se acercan un poco más.

Rhys se tensó listo para embestir, haciendo un rugido ensordecedor. No dejaría que ese bastardo se saliera con la suya. Sacudió su cabeza hacia Gabriel, quien se movió entre Pere Mal y Echo, bloqueándole la posibilidad de lanzar hechizos.

Con eso, Rhys y Aeric fueron a la carga. Rhys embistió, tratando de mantener a Pere Mal lejos de la salida y de acercarlo a Aeric. Aeric dio un paso al frente, obligándolo a elegir entre enfrentar a una mortífera daga embrujada o a un urso molesto. Al final, Pere Mal decidió darle la espalda a Rhys y lanzarle un hechizo a Aeric.

Aeric, de alguna forma, utilizó la daña para reflejar el hechizo, lanzándolo fuera del laberinto. Mientras estaba distraído, Pere Mal se giró a la salida. Rhys se lanzó, rugiendo y atrapándolo en un parpadeo.

En el momento cuando Rhys se preparaba para hundir sus fauces en la carne de Pere Mal, fue sorprendido al ver que él corría en su dirección. Hubo resplandor metálico sobre su cabeza, y súbitamente un río de dolor.

Rhys miró abajo y observó cómo Pere Mal clavaba la daga ceremonial profundamente sobre su pecho. Rhys gruñó y se abalanzó contra el villano. Para su sorpresa, Pere Mal hizo un paso de baile hacia atrás, esquivando sus zarpas.

Rhys se volvió a sorprender cuando se sintió a sí mismo desfallecer, sus músculos temblaban y se entumecían. Había recibido muchas heridas en su forma de oso, y usualmente lograba sobrellevarlas sin ningún problema. Pero esta vez era diferente.

El dolor empezó a expandirse a través de su pecho, por todo el torso, luego por sus brazos y sus piernas. Sus músculos convulsionaron, se tensaron y sus pulmones se contrajeron. Su visión se llenó con pequeños puntos brillantes y parpadeantes.

No fue hasta que colapsó que lo entendió.

Estaba muriendo.

cho

—Rhys, ¡no!

Un grito desgarró la garganta de Echo mientras Gabriel corría hacia ella en su forma de oso, usando sus filosas garras para cortar las cuerdas que atrapaban sus muñecas y su pecho. Echo miró cómo Aeric desaparecía por el laberinto, persiguiendo a Pere Mal.

Gabriel empezó a cambiar a su forma humana, sorprendiendo a Echo con la rapidez del cambio en su cuerpo. Apartó la mirada mientras corría a ponerse de rodillas junto a Rhys, con el corazón en la garganta mientras veía la sangre manar de su pecho cubierto de pelo.

—Mierda, mierda, mierda —murmuró, gruñendo con esfuerzo mientras lo giraba.

—Ven, déjame ayudarte —dijo Gabriel, apareciendo a su lado. Logrando poner a Rhys en su forma de oso sobre su espalda.

—Revisa su pulso —ordenó Echo, examinando la herida. La sangre brotaba de forma constante, pero Echo podía ver cómo se detenía lentamente. No estaba segura de si eso significaba que Rhys estaba sanando o estaba muriendo.

—No puedo encontrarlo —tartamudeó Gabriel, tomando la cabeza de oso y buscando por su zona mandibular.

—Eres uno de ellos —estalló Echo—. ¿Cómo no puedes encontrarlo?

—Eso no es lo que quería decir —dijo Gabriel—. Me refiero a que no tiene ningún jodido pulso.

La boca de Echo se secó por completo. Tomó sus manos temblorosas, presionando ligeramente sobre la herida de Rhys. Cerró sus ojos, concentrándose en sanarlo. La magia salió de su cuerpo y trató de fluir hasta la herida, pero no tenía a donde ir. Generalmente la magia empapaba la herida, pero esta vez no funcionó.

—No, no, no —murmuró Echo, con lágrimas asomándose en sus ojos. Lo intentó una y otra y otra vez, pero no lo logró.

—Echo —dijo Gabriel, tocando su brazo.

Ella abrió sus ojos mirándolo, y fue en ese momento cuando notó cómo las lágrimas bajaban por su rostro. Alejó sus manos de la piel de Rhys, mientras su forma empezó a quebrarse sobre sí, volviendo a su forma humana. No era una buena señal, Echo estaba segura de eso.

—Echo, yo creo… estamos demasiado cerca del Velo, creo que ya lo cruzó —dijo Gabriel, con una mirada grave—. O está a punto de hacerlo.

—Comienza el RCP —dijo Echo—. Solo las contracciones de pecho ¿está bien?

Gabriel la miró con curiosidad.

—Lo digo en serio —insistió Echo—. Y hagas lo que hagas, no me toques hasta que vuelva. No dejes que nadie lo haga.

—¿Volver? ¿A dónde vas? —preguntó Gabriel, pero Echo ya había puesto su mente en el objetivo.

Ciertamente, el Velo estaba muy cerca. Era consciente de ello desde que puso un pie en la vía de escape, buscando el camino a través del laberinto dejando que el Velo le dijera por dónde ir.

Cerrando sus ojos, Echo abrió sus sentidos. El Velo no estaba en un lugar físico, no era una puerta o una vía de escape por descubrir. En su mente, se sentía como una grande, espesa y húmeda masa de aire. Nunca antes había interactuado con él, pero rápidamente se dio cuenta de que tendría que lidiar con él en algún momento. Ella debería estar preparada para imponer su voluntad.

Echo se imaginó a sí misma frente a una gran cortina hecha de un brillante terciopelo dorado. En su mente, partía la cortina por la mitad, atravesando la luz que brillaba hacia ella. Fue absorbida a medida que avanzaba, sintiendo como si el aire la succionara. El reino de los espíritus la quería, la atraía, así que se dejó llevar por él. Al otro lado de la cortina, encontró un lugar oscuro, como una húmeda caverna. Un viento helado pasó por sus pies descalzos; solo entonces Echo se dio cuenta de que solo tenía puesto unos retazos de tela. El reino de los espíritus le había quitado todo, incluso en su propia mente.

Asomándose dentro de un túnel que tenía más adelante, Echo trató de percibir el camino frente a ella. Dio un fuerte paso al frente, sobresaltándose al ver que el mundo se oscurecía. El agua que rozaba sus pies le congelaba hasta las rodillas; no solo era un hilo de agua, era una corriente.

—¿Rhys? —lo llamó. En algún lugar de la oscuridad, pensó haber visto un casi imperceptible cambio.

Dio otro paso al frente, completamente a ciegas. El agua ya rozaba sus muslos, dándole escalofríos hasta los huesos, empujando sus piernas lentamente al frente, adentrándose en la profunda cueva. Por un segundo, pensó en simplemente dejarse caer, en ser arrastrada por la corriente…

—¡No! —dijo Echo, dándose una sacudida—. No seas estúpida.

Dio un paso más, y el agua ya tocaba su cadera. Echo cerró los ojos y pensó en Rhys, buscando la conexión entre ambos. Le tomó un segundo encontrar el hilo que los unía y darle un jalón. De igual forma, podía sentir una respuesta del otro lado, como si de alguna forma la reconociera.

Él estaba allí, y estaba cerca.

Echo dio otro paso con mucha dificultad. Una pequeña voz en su mente se preguntaba cuántos pasos faltaban para que se dejara llevar y se entregara a él. Otra voz se preguntó si podría soportarlo, o terminaría dejándose llevar río abajo por la corriente.

De repente, pensó en su madre. Ella había estado una vez allí ¿No? Haciendo su camino por el río, de pie en el mismo punto, tratando de decidir qué tan lejos podía llegar, cuánto arriesgaría por el hombre que amaba.

Y lo perdió todo. ¿No?

Usando su hombro para secar las lágrimas en sus mejillas, Echo se preguntó si debía devolverse. La idea de dejar a Rhys en ese lugar le desgarraba el alma, pero su cuerpo se sentía cada vez más pesado, más entumecido. Su corazón seguía latiendo, pero estaba muy cansada…

—Un paso más —se prometió, con voz rasposa—. Solo uno más.

Echo dio otro paso, sobresaltándose al ver que el agua helada le llegaba a su pecho. Su cuerpo entero temblaba, sus piernas estaban más allá del entumecimiento y sus dedos ya no eran más que hielo.

—¡Rhys! —lo llamó—. ¡Rhys, por favor, vuelve a mí. No puedo ir más lejos!

Alzó sus brazos, manteniéndolos frente a su cuerpo. La

punta de sus dedos temblaron y algo dentro de ella le dijo que casi lo podía tocar. Estaba tan, tan cerca...

¿Pero podría tomar ese riesgo? Su próximo paso podría ser el último, podría ser arrastrada por la corriente, y atada al reino de los espíritus para siempre.

Retorciéndose violentamente por los escalofríos, Echo se concentró en el lazo con Rhys una vez más. Envió una plegaria silenciosa, esperando que de alguna forma pudiera escuchar una respuesta.

Sintió una pequeña y sutil respuesta al final del lazo, más débil que antes, pero fue suficiente para que diera un paso más. El agua subió hasta cubrir su boca, haciendo que su corazón latiera rápidamente mientras su cuerpo le rogaba dejarse llevar por la corriente, diciéndole que no luchara contra lo inevitable. Echo parpadeó y se inclinó al frente. La punta de sus dedos tocaron piel, sólida y fría. Los ojos de Echo se abrieron como platos, aunque estaba muy oscuro como para ver algo.

"Rhys", pensó. "Sé que estás aquí".

Después de un segundo, sintió un nuevo tirón de su lazo. Rhys la estaba llamando, la estaba buscando.

Echo se dejó ir un poco más cerca, y el agua subió hasta casi cubrir su nariz. Buscó a su alrededor hasta sentir el fuerte brazo de Rhys, emocionada por su pequeña victoria. Por supuesto, estaba tan concentrada en encontrarlo que no pensó en cómo podría llevarlo de vuelta. No podría hacerlo sola, él tendría que ayudarla.

"Muévete", pensó. "Por favor, por favor, muévete".

Se aferró al brazo de Rhys, y para su sorpresa, este la sostuvo, dejándose llevar fácilmente. "Es por la conexión", pensó. "Mientras nos estemos tocando, él aún puede volver". Echo alcanzó su mano y cruzó sus dedos con los de él, luego se giró y empezó a empujarlo de nuevo a través de la corriente helada. Era mucho más difícil salir de la corriente;

el agua se hacía más pesada a cada paso. Los músculos de Echo se tensaron y le costaba moverlos; todo su cuerpo temblaba por el esfuerzo mientras llevaba a Rhys.

Sentía que su cruzada apenas comenzaba. Como si Echo y Rhys fueran apenas dos minúsculas motas de polvo en el cosmos, infinitamente pequeños e insignificantes contra la fuerza del universo. Ella ha estado allí desde siempre ¿Conocería algo más que eso?

La sola sensación de los dedos de Rhys la ayudaban a seguir. No podía recordar por qué seguía o a dónde iba exactamente, pero recordaba que no estaba sola. Los pulmones de Echo punzaban mientras salía del agua, de alguna forma, sintiendo más frío a medida que abandonaba la corriente. Cuando el agua ya estaba en sus rodillas, ella se volteó. No pudo contener las lágrimas al ver la cara de Rhys, pálida como una hoja, con sus labios azules. El calor de sus lágrimas quemaban sus mejillas.

Las hipnóticas esmeraldas de sus ojos le daban alguna señal de que seguía con vida.

—Es… está bien —tartamudeó Echo, llevándolo adelante —. Está bien.

Y de repente, de una forma casi inentendible, estaban frente al Velo. Echo caminó lentamente mientras alcanzaba la cortina de terciopelo con su mano libre. Condujo a Rhys más cerca de ella, empujándolo primero para después saltar ella.

Los ojos de Echo se abrieron violentamente. Estaba de vuelta en el claro, sobre el cuerpo de Rhys. Temblaba tan fuertemente que apenas se podía mover. Miró a Aeric y a Gabriel, de pie junto a ella y Rhys.

—Bus... Busca... una cobija —siseó Echo—. Agua caliente...

Aeric se desvaneció y Gabriel se arrodilló junto a Rhys para tomar su pulso. Devolvió su mano maldiciendo.

—¡Está congelado!

—Transfórmate —gruñó Echo—. Mantenlo.... caliente...

Mirando a Rhys, observó cómo abría sus ojos. Su mirada verde hacía que se sonrojara. Echo no había visto nada más bello en toda su vida. Cerró sus ojos mientras el mundo se volvía oscuro.

CAPÍTULO DIECISÉIS

 cho

—¿Cuántas cosas puede tener una persona? —se quejó Gabriel mientras cargaba múltiples cajas de cartón a la entrada de la mansión.

—Discúlpame por tener tantas cosas —respondió Echo, con fastidio, mientras alzaba una caja plástica de leche llena de muchos DVD y bolsos repletos de ropa, siguiendo a Gabriel dentro, y subiendo las escaleras hasta la habitación de Rhys.

Pasaron delante de Aeric en el camino, deteniendo su paso para tomar otro grupo de cosas de la camioneta de mudanza.

—¿Aún quedan cosas dentro? ¿De verdad? —se quejó Gabriel.

—Creo que Aeric tiene las últimas dos cajas —le informó Echo.

Puso un pie dentro de la sala y dejó su carga en el suelo,

admirando la enorme pirámide de cosas. Había regalado un montón cuando finiquitó el arriendo de su apartamento, incluyendo sus muebles, pero aún seguían siendo demasiadas.

Tomó una fotografía enorme enmarcada, un regalo sentimental de Ti-Elle. Su madre estaba a la izquierda, envuelta en los brazos de un hombre que Ti-Elle dijo que era el padre de Echo. Raymond Caballero, tan guapo y alto que Echo nunca habría podido imaginarlo.

De dónde había sacado Ti-Elle esa foto, Echo no lo sabía, pero estaba muy feliz de tenerla.

—Esto se verá genial en la pared —anunció Rhys, llegando con Aeric mientras dejaban en el suelo las últimas cajas de las pertenencias de Echo.

—¿Eso crees? —preguntó Echo, mirando de forma inquisitiva a Rhys.

Apenas había sido autorizado para volver a sus actividades por el médico privado de los Guardianes, pero Echo seguía preocupada por él. Su roce con la muerte había mermado su fuerza y su energía por más de una semana, y necesitó de varios días para recobrar significativamente la conciencia.

—Lo creo —dijo Rhys, acercándose y besándola en el cuello, haciendo que la sensación de su barba le diera escalofríos.

—¿Podrían esperar a que nosotros nos vayamos antes de empezar con eso? —suspiró Gabriel, cruzándose de brazos.

Echo dibujó una mueca en su rostro y le hizo señas con la mano a Gabriel y Aeric.

—Entonces pueden irse. Creo que ya terminamos aquí —dijo ella.

—Pensé que nos sentaríamos y hablaríamos de encontrar la Segunda Luz —dijo Gabriel—. Pere Mal seguramente la ha estado cazando por dos semanas. Estamos retrasándonos.

—De repente, me siento muy cansado —dijo Rhys. Echo pudo notar que trataba de retener una sonrisa—. Tengo que descansar, órdenes del doctor.

Gabriel alzó sus brazos en el aire y miró a Aeric buscando ayuda, pero Aeric apenas se encogió de hombros.

—Será mañana, entonces —dijo Aeric.

Gabriel apuntó un dedo hacía Echo y Rhys.

—Mañana —insistió.

—Por supuesto —dijo Echo, con una mueca.

Sacudiendo su cabeza, Gabriel y Aeric dejaron la habitación. Echo se volteó para encontrar a Rhys detrás de ella. Él se acercó y la apretó contra su cuerpo, dándole un beso en los labios. Le tomó varios segundos sin aire empujarlo un poco para mirarlo directamente.

—¿Seguro que no necesitas descansar? —preguntó.

Rhys no contestó. Tomó su mano izquierda y la volteó, admirando el anillo de diamantes que tenía en el dedo un momento antes de alzarlo a sus labios para darle un beso.

—Estoy seguro —dijo, buscando el pulso de sus muñecas con sus dientes.

—Parecías estar muy silencioso —dijo Echo, mirándolo de cerca.

—Solo espero que estés tan feliz de estar aquí como yo lo estoy de tenerte —dijo Rhys.

Sus miradas se encontraron por un largo rato, y Echo se puso de puntas.

—Bésame y averígualo —dijo, alzando una ceja.

Rhys le dio un único beso en los labios antes de alzarla sobre uno de sus hombros, dándole una sonora nalgada con su mano.

—Lo que sea por la futura dama Macaulay —dijo Rhys.

Echo rio, pero no se atrevió a protestar. Estaba en su maravillosa casa nueva, sintiéndose útil al poder ser de ayuda trabajando con los Guardianes, y ahora el hombre más guapo en el mundo estaba por llevarla a la cama.

—No estás molesta por no poder reunirnos con los hombres hoy, ¿verdad? —dijo Rhys, y Echo pude sentir la felicidad en su voz.

—Ya será mañana —dijo Echo—. Todo lo demás puede esperar para mañana.

Y lo esperará.

¿LISTOS PARA MÁS?

¡La serie Guardianes Alfa continua con *Silencios inocentes* !
¡Lee el primer capítulo ahora!

Cassandra Chase se paró frente al espejo de cuerpo completo de su lujoso armario, girando de un lado a otro mientras admiraba la maravillosa falda Rosie Assouline que había llegado para ella. Era del más reluciente azul zafiro jamás imaginado y caía desde la cadera de Cassie hasta formar una suave cortina a sus pies. La emparejó con una blusa lisa y sin mangas de color blanco satín, echó hacia atrás su cabello rojo fuego y terminó de arreglar el conjunto con un par de pendientes de diamantes. Con un toque de rubor en sus mejillas escondió las pequeñas líneas de su rostro en forma de corazón; algo de máscara resaltó sus gruesas pestañas y un labial naranja rojizo acentuó sus dramáticamente carnosos labios.

Cassie se volteó una vez más para ver su figura. Ella era

alta y voluptuosa, con busto y caderas más anchas de lo que deberían ser. Aun así, no había nada en el mundo que Cassie adorara más que su ropa de diseñador, por lo que acostumbraba comprar los atuendos que le gustaban a simple vista y los modificaba para que se ajustasen a su sensual figura. Todos necesitaban un hobby; las mujeres que raramente salían de sus guaridas, lo necesitan aún más.

Satisfecha con su estilo, Cassie dio la vuelta y regresó a la sala principal de su suite. El cuarto tenía un hermoso comedor antiguo adornado, un asombroso librero de madera de olmo y una sala de estar, además de un espacio personalizado para coser. Junto con su dormitorio, baño y el enorme armario, estos cuartos eran todo su mundo. Su hermosa, bien cuidada y sofocante jaula.

Cassie tomó una tablet y puso un nuevo álbum musical que le gustaba, una cantante pelirroja llamada Florence Welch. Pasó unos cuantos minutos tarareando con la música mientras limpiaba su cuarto de costura. Viviendo en un lugar tan reducido, Cassie era incapaz de permitirse el desorden. No había manera de que se le escapara ni una mota de polvo en sus cuartos, por lo que los mantenía lo más limpio posible.

Al menos, sus captores le compraban todo lo que quería. Si Cassie lo veía en línea y pensaba que podría animarla, solo tenía que pedirlo. Mientras el objeto no la ayudara a escapar de la enorme mansión en la que vivía cautiva junto con una docena o más de brujas útiles, ella podía tener lo que su corazón deseara.

Cassie había vivido en la *pajarera*, como llamaban al lugar los residentes de la mansión, por cuatro años. Después del primer año, abandonó cualquier intento por escapar. Pere Mal solía disponer de ella, para ordenarle usar sus poderes una vez a la semana, pero de alguna forma, Cassie sentía que había ganado cierta libertad. A veces, Pere Mal la sacaba de la pajarera y la llevaba a conocer gente importante en varios centros sociales Kith del Barrio Francés.

Cassie se sobresaltó al escuchar el sonido de un suave golpe dentro de su dormitorio. Mordiendo su labio, se apresuró a entrar, apartando su pesado armario del muro. Allí había un agujero, de al menos un metro de diámetro.

Acurrucada en el agujero, con una mirada salvaje en unos llamativos ojos azul marino, estaba Alice, la única amiga y confidente de Cassie, y otra compañera cautiva de la pajarera. "Gorriones" se hacían llamar.

—Debes hacer más silencio —reprendió Cassie a Alice.

Alice arqueó una oscura ceja y salió del túnel que había cavado entre sus dormitorios, dando palmadas al par de oscuras trenzas de su cabello largo color negro. Alice llevaba puesto un simple, pero impactante, vestido negro con botones de perlas blancas en el frente y un cuello blanco, sin duda que cada parte era tan costosa como el propio atuendo de Cassie. Probablemente se trataba de un vestido Rag and Bone; Cassie recordaba ese diseño.

—No nos van a descubrir —dijo Alice encogiéndose de hombros.

Cassie apretó los labios, mirando a Alice por un momento. Con veintiséis años, Cassie era solo dos años mayor que ella, pero solía tener esa irritable y despreocupada cualidad de verse más joven. Cassie sospechaba que esos momentos juveniles de Alice eran producto de algún toque de locura, un lugar donde Alice se evadía cuando el mundo a su alrededor era amenazador o dominante. O quizás solo era una actuación, y Alice ocultaba su verdadera forma a Cassie tanto como a cualquier otra persona. En los tres meses desde que Alice cavó su primer agujero entre sus habitaciones y empezó a escabullirse en la habitacion de Cassie, seguía sin poder decir que la entendía totalmente.

—No lo puedes saber, Alice —dijo Cassie, tratando de ocultar la impaciencia en su tono.

—De hecho, puedo —dijo Alice, inclinando su cabeza a un lado—. Es por eso que vine a contarte. Encontré una forma de enviar una señal de ayuda. Algo así como lanzar una bengala, pero con energía psíquica.

Alice levantó su mano y simuló disparar una pistola sobre su cabeza, y Cassie sintió curiosidad.

—Pensé que no podías atravesar la barrera de la pajarera —dijo Cassie.

—Puedo hacer lo que sea que mi mente quiera, Cassandra —Alice siempre llamaba a todos por su nombre completo—. Tú, más que nadie, deberías saberlo.

Tenía razón. Alice había cavado la mayoría de los túneles entre los cuartos en una sola noche, usando únicamente una cuchara metálica que había tomado de una de las bandejas de comida que enviaban de la cocina. Alice era tan terca como temeraria, una combinación implacable y, a veces, atemorizante.

—Cierto. ¿En serio crees que puedan rescatarnos? —preguntó Cassie.

—Lo suficiente como para decirte que empaques tus cosas favoritas. Si envío una señal, Pere Mal se verá forzado a limpiar la pajarera y nos moverá a algún otro lado. Una vez que salgamos, tomaremos nuestro equipaje y entonces crearé una distracción. Y con eso... —Alice levantó sus cejas—. Estaremos fuera.

Cassie lo reflexionó por un momento.

—¿A dónde iríamos? —preguntó, avergonzada de sí misma. La idea de tanta libertad a la vez la asustó. Aparte de Alice, Cassie no tenía a nadie, a menos que contara a los padres inútiles de los que había escapado a los dieciséis años. Su miserable vida familiar había sido el primero de tantos factores e infortunios que se fueron juntando hasta llevarla hasta la pajarera.

"Al menos no estás en uno de los burdeles de sangre del Mercado Gris", pensó para sí misma. "Terminarías allí de no ser por tus poderes".

—A donde queramos —dijo Alice, mordiendo pensativamente su labio inferior—. Podríamos hacer cualquier cosa.

—¿Y cuándo mandarás esa señal? —preguntó Cassie.

—Oh... —Alice miró a Cassie con los ojos abiertos—. Hace diez minutos. Tómalo o déjalo.

—¡Alice! —dijo Cassie, tomando a su pequeña amiga por los hombros y dirigiéndola hacia el muro—. Regresa a tu habitación. Si ellos ven el túnel, sabrán que fuiste tú quien envió la señal.

Alice suspiró.

—Cassandra, dulzura. Quizás ya lo sepan. Por eso tenemos que escapar.

Lanzándole una mirada seria a su amiga, Cassie la empujó por el túnel.

—Te veré a un lado de la casa, cerca de la fuente con forma de sirena —susurró Cassie—. Cuando vengan a decirte que empaques, intenta fingir que no los esperabas, ¿de acuerdo?

Alice se retiró sin decir nada más y Cassie empujó el armario contra el muro con un gruñido. Se inclinó unos cuantos segundos contra el pesado guardarropa, sintiéndose paralizada y mirando los muebles cariñosamente seleccionados de su dormitorio. Quizás estaba cautiva en una jaula de oro, pero estaba adornada con todas esas cosas suaves y lindas que tanto amaba.

Volviendo a sus cabales, Cassie se dirigió a su vestidor y empezó a sacar las cosas que no soportaría dejar atrás. El montón se hizo grande en unos pocos minutos, a pesar de que se esforzó por reducirlo una y otra vez. Para el momento en que uno de los guardias golpeó la puerta de Cassie, ella ya se había decidido.

—¡Adelante! —contestó, caminando a la sala de estar.

—Tomarás un viaje —le dijo un guardia amargado y de traje oscuro, lanzando un par de maletas con ruedas en la habitación—. Prepárate en diez minutos.

Cassie solo asintió, con el corazón saliendo de su pecho. El guardia lanzó la puerta detrás de él y el sonido hizo que Cassie temblara. Miró el cuarto un momento, deseando poder llevar más objetos personales con ella. Sus dedos instintivamente buscaron su collar, un medallón de plata con una cadena lo suficientemente larga como para ocultarla bajo todo lo que llevaba puesto. Era el único recuerdo que había guardado de su familia, el último regalo de su querida abuela que falleció cuando Cassie tenía doce años.

Arrastrando las maletas al vestidor, pasó unos minutos llenándolas. Después de empacar su ropa, Cassie revisó el compartimento más profundo y sacó varios paquetes de efectivo, guardados cuidadosamente por varios años de fingir cambiar objetos que ella pedía y que luego vendía.

Después de dividir los paquetes y enrollarlos dentro de unas franelas, guardó más dinero en cada una de las bolsas por si perdía alguna. Luego rodó las maletas hasta la puerta principal y esperó. Colocándose un par de guantes de cuero de cordero Burberry que le cubrían todo el brazo, Cassie suspiró profundamente y trató de calmar sus nervios. Su mente estaba hecha un desastre, sus manos temblaban y su lengua estaba tan seca como un desierto.

La idea de escapar de la pajarera era tan alocada, y aun así...

La puerta se abrió de golpe antes de que Cassie pudiera terminar de pensar.

—Vamos —dijo el guardia, dando señas para que saliera.

Respirando hondo y sacando el pecho, Cassie tomó sus

maletas y salió del dormitorio sin hacer más nada que mirar hacia atrás, intentando ocultar su preocupación.

Con cada paso que daba, Cassie sabía que se dirigiría hacia una nueva vida. Quizás un nuevo comienzo podría ser lo que necesitara el corazón de Cassandra Chase para salir de su jaula de oro y ser libre.

Forma parte de mi lista de envío para ser de los primeros en saber sobre nuevas entregas, libros gratuitos, precios especiales, y otros regalos de nuestros autores.

https://kaylagabriel.com/espanol/

ACERCA DEL AUTOR

Kayla Gabriel vive en los campos de Minnesota, donde jura haber visto cambiaformas en los bosques de su jardín. Sus cosas favoritas en la vida son los minimalvaviscos, el café y cuando las personas utilizan las luces de giro de sus autos.

Conéctate directamente con Kayla por el email:
kaylagabrielauthor@gmail.com

http://kaylagabriel.com

BOOKS IN ENGLISH BY KAYLA GABRIEL

Alpha Guardians

See No Evil

Hear No Evil

Speak No Evil

Bear Risen

Bear Razed

Bear Reign

Printed in Great Britain
by Amazon

48016998R00108